Kathrin Schneider Jekova

PRAGZEIT

Krimi

Kathrin Schneider Jekova

PRAGZEIT
Krimi

Für Elena Jekova

FSC
www.fsc.org
MIX
Papier aus ver-
antwortungsvollen
Quellen
Paper from
responsible sources
FSC® C105338

Herstellung und Verlag:
BoD - Books on Demand
Norderstedt

Bibliografische Information der Deutschen
Nationalbibliothek

Authorin:
Kathrin Schneider Jekova

Cover- und Buchillustrationen:
Helmut Schwarz

ISBN 978-3-8482-4816-2

1. Auflage 2013

PRAGZEIT

„Hören Sie", sagte Aysel, „im Moment geht es nicht. Mein Auto ist aufgebrochen worden. Rufen Sie bitte später noch mal an."

„Mache ich", sagte der Mann und beendete damit das Gespräch. Aysel war zu beschäftigt, um über alte Bekanntschaften nachzudenken.

Sie fragte einen Spaziergänger nach dem Namen der Straße, rief die Polizei an und schilderte, was passiert war. Dass es einige Zeit dauern würde, bis die Polizeistreife kam, war ihr klar. Schließlich war sie selbst einmal Polizistin gewesen, damals in der Türkei. Sie forderte die Kinder auf, nach einem Taxi Ausschau zu halten.

„Verflixt noch mal, was für eine Kälte", dachte Aysel. Die Idee mit dem Taxi gab sie bald wieder auf. Es kam keines.

Sie würde mal wieder ihren Vater bitten, die Kinder abzuholen.

Seitdem Aysel geschieden war, lebten ihre Eltern mit ihr und den Kindern in der Nähe von Prag, auf einem kleinen Gehöft. Die nötigen Renovierungsarbeiten waren erst vor kurzem abgeschlossen worden. In den ehemaligen Ställen hatte Aysel einen großen Hobbyraum mit Billardtisch und Tischtennisplatte eingerichtet. Seitdem sah sie, nach Einbruch der Dunkelheit, zahlreiche Kinder den Heimweg antreten. Sie wunderte sich auch, dass ihre Eltern diesen Trubel unterstützten und sich sogar noch um den nötigen Essens- und Getränkenachschub kümmerten.

Aysel rief ihren Vater an. Der kam und nahm die Kinder mit. Sie wiederum folgte einige Zeit später der Polizeistreife zum Polizeirevier, einer Erdgeschosswohnung, in einem der für Prager Randgebiete so typischen Plattenbauten. Ein Protokoll wurde erstellt und wie immer, wenn Aysel eine Polizeiwache in Tschechien zu sehen bekam, krochen in ihr die alten Bilder ihrer Vergangenheit hoch. Viele Jahre hatte sie in verrauchten, manchmal nach Schweiß stinkenden Räumen verbracht. Kleine und große Delikte, sympathische und unsympathische Kriminelle hatte sie erlebt. Dabei war sie unter all den Männern fast selbst zum Mann geworden. Erst, seitdem sie den Polizeiberuf aufgegeben hatte und nach Deutschland gegangen war, um zu studieren, konnte sie ihre feminine Seite wieder zulassen.

In Frankfurt hatte sie ihren Mann kennen gelernt, einen Perser, der bereits während ihrer gemeinsamen Studienjahre Textilien nach Tschechien importierte und nach der Wende die Chance nutzte und mit Aysel Modegeschäfte in Prag eröffnete. Davon lebte sie noch heute. Nach der Scheidung waren die Geschäfte aufgeteilt worden. Zu ihrem früheren Mann hatte sie nur noch selten Kontakt. Sie interessierte sich schon lange nicht mehr für ihn. Das war abgeschlossen. Der Platz an ihrer Seite war nicht neu zu besetzen. Aysel hatte ihn gedanklich verbarrikadiert.

Nachdem sie zwei Stunden auf dem Polizeirevier verbracht hatte, fuhr sie nach Rudná. Sie mochte den Weg zum Dorf nicht, sie wohnte auch nicht gerne auf dem Land. Es war eine Notlösung, der Kinder zuliebe. Aysel hatte sich zum Ausgleich eine Wohnung im Zentrum von Prag eingerichtet. Hier verbrachte sie meist einige Wochentage, zuweilen auch mit ihren Kindern.

Sie hörte während der Fahrt eine CD von Aneta Langerová. Erst jetzt dachte sie wieder an den Anrufer. „Marek" hatte er sich genannt. So hießen hier viele.

Doch bald darauf sah sie die Bank im Eingangsbereich des Krankenhauses Motol vor sich. Dort hatte eines Nachmittags Marek gesessen, erinnerte sie sich.

Sie bog am Ende des Dorfes in eine Seitenstraße ein und parkte das Auto vor einem großen Scheunentor. Aysel war zu müde, um das schwere Tor zu öffnen. Ihre Kinder standen kurz darauf im Schlafanzug in der Tür des Hauses.

„Weiß die Polizei schon, wer der Dieb war?"

„Nein Arian, so schnell geht das nicht. Die Polizei hat alles aufgenommen."

„Hat sie auch die Fingerabdrücke untersucht?"

„In einem solchen Fall wird das nur selten gemacht. Nun aber schnell ins Haus, es ist viel zu kalt hier draußen." Sie drängte beide Kinder zurück in den Flur und bemerkte erst dort, dass ihre Tochter in sich gekehrt wirkte.

„Was ist los Rabia?"

„Ach Mama, es ist schon zu spät zum Lernen. Du weißt doch, die Deutscharbeit."

Aysel ärgerte sich in diesem Moment besonders, dass ein kleiner Bandit es vermocht hatte, sie für Stunden in Schach zu halten. Sie schickte die Kinder nach oben und wendete sich dann erst ihren Eltern zu.

„Kann passieren Papa, du hast ja gesehen, wo ich geparkt habe, war wohl doch etwas zu einsam dort."

„Die Navigationsanlage hättest du wirklich in das Handschuhfach legen können."

„Hast du schon gesagt, das ändert aber leider auch nichts mehr." Aysels Mutter legte ihren Arm um die Schultern ihrer Tochter und führte sie in die Küche. „Hauptsache euch ist nichts passiert."

„Was soll denn da schon passieren", brummte ihr Vater. Er fuhr den Wagen doch noch in die Scheune. Aus Sicherheitsgründen, wie er später sagte.

Aysel konnte sich ganz und gar auf ihre Eltern verlassen. Beide waren ehemalige Lehrer. Die Mutter für Mathematik und Physik, der Vater für Geschichte und Sport.

Aysel ging in den ersten Stock, gab jedem Kind noch einen Kuss und setzte sich dann zu ihren Eltern ins Wohnzimmer. Sie unterhielten sich auch weiterhin über das große Tagesereignis und darüber, wer das Auto am nächsten Tag in die Werkstatt fahren würde.

Später ging Aysel in ihr Zimmer.

Als sie ihren Fernseher anschalten wollte, klingelte ihr Handy. Aysel legte die Fernbedienung auf ihren Schreibtisch zurück und griff nach dem Handy.

„Ja!"

„Hier ist Marek, Aysel, entschuldige, dass ich so spät anrufe. Es ist etwas ungewöhnlich, ich weiß, wir haben uns lange nicht gesprochen. Deine Handynummer hat mir eine deiner Verkäuferinnen gegeben".

„Im ersten Moment war mir nicht klar, wer du bist, doch dann habe ich mich wieder erinnert. Wie geht es dir?"

„Nicht so gut".

„Was ist los?"

„Ich möchte dir das im Moment nicht sagen, bin bei der Arbeit. Können wir uns morgen Nachmittag um vier im Café Louvre in der Národní treffen?"

Nachdem sich Aysel ihren Tagesablauf für den nächsten Tag ins Gedächtnis gerufen hatte, willigte sie ein. Sie würde sich also mit Marek treffen, der Mann, der ihr, als alles noch aussichtslos schien, zugehört hatte. Diese Offenheit einem Fremden gegenüber konnte sie sich nur durch ihre damalige Situation erklären.

Ihr Mann hatte den Reizen anderer Frauen nicht mehr widerstanden und eine Operation hatte ihr das Gefühl gegeben, den Anforderungen des Lebens nicht mehr gewachsen zu sein. Nach ihrer Entlassung aus dem Krankenhaus hatte sie Marek noch einmal getroffen. Eine dauerhafte Freundschaft war jedoch nicht entstanden. Ihre wirklichen Freunde waren die Hausfassaden der Prager Innenstadt gewesen. Wie Balsam wirkte die Stadt auf sie, besonders im Winter, wenn die Kälte groß und der Reise-hunger der Touristen klein war. Dann hatte sie manchmal das Glück, dass eine kleine Gasse nur ihr gehörte.

Am nächsten Tag fuhr sie die Kinder mit dem Wagen ihres Vaters zur Schule und später über die Plzeňská zum Einkaufszentrum Nový Smíchov, in dem sich eines ihrer Modegeschäfte befand. In der Nähe von Nový Smíchov wohnte Aysel auch.

Dieses Viertel war nach der Wende immer mehr zur modernen Einkaufsmeile umfunktioniert worden. Neue Geschäftsgebäude entstanden, die keine architektoni-sche Freundschaft mit den verbliebenen alten Häusern schließen konnten. Vor dem Einkaufszentrum waren bereits auffallend viele Fußgänger unterwegs. Geräusche von an- und abrollenden Straßenbahnen lagen den Menschen unaufhörlich in den Ohren. Aysel parkte ihr Auto in der Tiefgarage des Einkaufszentrums und fuhr dann auf den Laufrolltreppen in den ersten Stock. Obgleich sie auf Kunden angewiesen war, mochte sie es, wenn der Betrieb in dem Glaspalast erst langsam seinen Anfang nahm. Aysel nahm sich vor, am Ende des Ganges, im Emporio, einen Kaffee zu trinken. Als sie ihren Laden passierte, winkte sie ihren Verkäuferinnen zu und warf noch schnell einen prüfenden Blick auf ihre Schaufenster-puppen. „Diese immerwährenden Schönheiten werden heute umgezogen", beschloss sie. Dann begann sie die Schaufenster der nachfolgenden Geschäfte zu begut-achten. Als sie im Café Emporio ankam, setzte sie sich auf einen der halbrunden, beigen Plastikstühle. Noch war hier nicht viel los. Mit der Kellnerin wechselte sie ein paar Worte, gab ihre Bestellung auf und vertiefte sich in die tschechische Tageszeitung „Dnes", die sie auf einem Stuhl am Nebentisch entdeckt hatte. Aysel trank ihren Kaffee aus, legte die Zeitung auf den Stuhl zurück und schlenderte dann langsam zu ihrem Geschäft. Sie grüßte einige bekannte Geschäftsleute und stand bald darauf in ihrem Laden.

„Guten Morgen, na, ausgeschlafen?"

„Es geht", sagte Hana.

„Wie war es gestern?"

„So lá lá. Nicht so schlecht".

„Lass mal sehen". Aysel ging an die Kasse und druckte sich den Umsatz vom vergangenen Tag aus.

„Nichts Weltbewegendes, aber es geht schon ", kommentierte sie.

Aysel blieb noch einige Zeit, beriet noch zwei Kundinnen und machte sich dann auf den Weg in ihre Wohnung. Die Entwürfe für die Sommerkollektion mussten fertig werden. Eine Mappe mit Modezeichnungen lag bereits auf ihrem Schreibtisch. Es fehlten noch die Zeichnungen für Jeans und T-Shirts.

Sie verließ das Einkaufszentrum durch den Haupteingang und ging geradewegs in die Stroupežnického, in der sich ihre 2-Zimmerwohnung befand. Schon von weitem erkannte sie das Haus mit dem kleinen grünen Balkon. Das dreistöckige alte Haus hatte nur einen Balkon und der gehörte zu ihrer Wohnung. Die aus Gusseisen geschmiedeten Ranken des Geländers waren grün und golden angemalt. Sie bildete sich oft ein, ihr Balkon wäre ein kleines Haustier, das sich wie verrückt freut, wenn sie sich ihm auf der Straße nähert. Er war das Hors d'oeuvre für das, was danach kam, ihre Wohnung. Sie war nach ihrem Geschmack eingerichtet, ohne Rücksicht auf Kinder, Eltern oder Bekannte. Hierher nahm sie, außer ihren Kindern, nur selten jemanden mit. Das war allein ihr Reich.

In ihrer Wohnung setzte sie sich an ihren antiken Nussbaumschreibtisch, der schräg vor dem Balkonfenster stand. Ihr Blick zielte auf ein altes Wohnhaus. Sie arbeitete ununterbrochen an den Entwürfen, bis sie es vor Hunger nicht mehr aushielt.

Noch zwei Stunden, dann sollte sie sich mit Marek treffen. „Ob er immer noch als Fluglotse am Flughafen Ruzyně arbeitet?". Sie entschied sich, von Anděl zur Národní zu laufen. Bei Anděl holte sie sich ein Hot Dog Classic an einem der fahrbaren Straßenstände und lief dann auf dem Bürgersteig, immer an den Straßenbahnschienen entlang, über die Brücke der Legionen bis in die Národní hinein. Als sie den Eingang des Cafés erreicht hatte, war sie immer noch zu früh. Das Café, das in Elfenbeinfarbe mit großen Fenstern vor ihr stand, war 1902 zum ersten Mal eröffnet worden. Schon von außen konnte sie die großen Schüssellampen erkennen.

Sie lief auf der Steintreppe direkt in den Vorraum des Cafés. In der Mitte des Raumes füllten sich vier kleine Becken mit Wasser, die zusammen ein Viereck bildeten. Abwechselnd erhielt jeweils ein Becken mehr Wasser als die anderen. Im Wechsel kippte dann das Vollste nach vorne, so dass das Wasser in den eigens dafür vorhandenen Rundbrunnen lief. Das Weiß der Becken erinnerte Aysel an Spucknäpfe bei Zahnärzten. Ihr war dieses Kunstwerk suspekt. Als sie in den eigentlichen Raum des Cafés gelangte, schaute sie sich nach einem freien Tisch um. Im vorderen Bereich konnte sie keine freien Plätze erkennen. Nur weiter hinten sah sie noch welche. Sie lief an der Bar vorbei, unter dem Rundbogen mit der hängenden Uhr hindurch, um sich an einen kleinen Tisch mit dem Rücken zum Fenster zu setzen. Aysel legte ihre Tasche neben sich, auf die bequeme, mit schwarzem Kunstleder bezogene Sitzbank, die sich sowohl entlang der Fensterfront als auch der gegenüberliegenden Wandseite erstreckte, hier allerdings von einem Durchgang unterbrochen wurde, der in einen zweiten Raum und zu den Billardtischen führte.

Immer wenn sie sich im Hauptraum des Café Louvre befand, tauchte sie in eine andere Welt ein, aber auch in eine andere Zeit. Sie hatte jedes Mal das Gefühl, als wäre sie Fahrgast des berühmtesten aller Züge, als säße sie im Speisewagen vom Orientexpress. Die Gäste schienen ihr auch so interessant, dass sie gerne einige Reisetage mit ihnen verbracht hätte. Was gäbe es da nicht alles zu erzählen.

Dann schaute sie durch das Fenster, hörte den Schaffner pfeifen und schon ratterte das ganze Café auf Schienen davon. Natürlich würde sie auch nach Istanbul kommen und nach Paris, aber wenn sie das Café wieder verlässt, hätte der Zug gerade Mal in Prag gehalten. Das amüsierte sie.

Das Motiv dafür sah sie nicht nur in dem schlauchförmigen Grundriss des Hauptraumes oder an der im alten Stil gekleideten Bedienung. Nein, dieses Café wirkte auf seine Art altehrwürdig. So, als säßen Franz Kafka, Albert Einstein und Karel Čapek

immer noch mitten unter den Besuchern, wobei Einstein diskutierte, Kafka schrieb und Čapek gerade die Zeitung las.

Aysel betrachtete die Schwarzweißfotos, die in schmalen Goldrahmen an den Wänden hingen, als wären berühmte Schauspieler darauf abgebildet. Dann ging ihr Blick bis tief in den Billardraum hinein. Wie Soldatenhelme hingen die goldenen Art déco-Messinglampen in Zweierreihen über den Billardtischen. Endlich kam ein Kellner.

„Bitte einen schwarzen Tee", sagte Aysel. Kaum war er weg, kam auch schon Marek. „Aysel, du hast dich nicht verändert".

„Du schon", antwortete sie mit einem Lächeln.

„Ich weiß, ich esse eben gern". Dick war Marek nicht, aber auch nicht mehr der schmale Mann, an den sie sich erinnert hatte. Mit seinem aschblonden, vollen Haar, dem breiten Gesicht und kräftigen Körper gehörte er zu den Männern, bei denen man sich gut vorstellen konnte, wie sie als Kind ausgesehen hatten. Marek bestellte einen Kaffee. „Wir haben uns lange nicht gesehen Aysel, erzähl mal, bist du noch immer solo?"

„Hast du was anderes erwartet?"

„Du bist eine attraktive Frau. Prag ist groß und Menschen begegnen sich."

„Bei mir ist noch alles, wie es war. Und du? Verheiratet?"

„Ja, seit zwei Jahren".

„Wirklich? Hast du deiner Frau auch erzählt, du wohnst noch bei deiner Mutter und fährst einen alten Lada?"

Marek lachte: „Daran kannst du dich noch erinnern? Das war der ultimative Test, aber ehrlich gesagt habe ich alle Frauen damit abgeschreckt. Jana wollte ich aber unbedingt erobern, also habe ich ihr die Wahrheit gesagt - Eigentumswohnung und schwarzer BMW. Das hat gereicht. Wäre ich mal lieber bei meinem Test geblieben!"

„Warum? Nicht zufrieden?"

„Bin mir nicht mehr so sicher. Bis jetzt war alles in Ordnung. Bin immer noch Fluglotse, arbeite aber nur noch nachts. Jana hat sich dem angepasst. Sie arbeitet auch nachts, an der Rezeption eines Hotels. Es gehört ihrer Cousine. Am Anfang war das toll. Wir haben uns oft einen Spaß daraus gemacht, miteinander zu schlafen, wenn andere im Büro sitzen mussten. Aber seit einiger Zeit ist alles anders. Irgendwas stimmt nicht. Und vor einer Woche habe ich diese teure Nerzjacke in der hintersten Ecke ihres Schrankes gefunden. Aysel, ich brauche Gewissheit. Ich habe versucht, mit Jana zu reden. Die Jacke hat sie angeblich von einer Freundin geliehen. Die Freundinnen, die ich kenne, können sich so ein Teil niemals leisten. Aysel, du warst Polizistin, du kannst es rauskriegen."

„Deswegen hast du mich angerufen? Engagiere einen Detektiv, Marek, ich habe keine Lust stundenlang in der Kälte zu stehen".

„Ich will nicht, dass ein fremder Mann hinter meiner Frau herläuft und Fotos macht. Ich will überhaupt keine Fotos. Ich vertraue dir. Wenn du sagst, da ist jemand, dann ist es auch so. Es soll ja nicht umsonst sein."

„Lass mir Zeit", erwiderte Aysel, „ich überleg es mir".

Tage später willigte sie ein, nicht nur weil sie das Gefühl hatte, Marek noch etwas schuldig zu sein. Mehr noch, er hatte in ihr diese alte Gier nach Herausforderung geweckt. Sie hatte zwar immer mal wieder der tschechischen Polizei bei Problemen mit türkischen Staatsbürgern als Dolmetscherin zugearbeitet, etwas aufgedeckt hatte sie jedoch schon lange nicht mehr. Dieser Fall kam ihr zudem harmlos vor. Eine Frau betrügt ihren Mann. Ein Mann betrügt seine Frau. Daran hatten sich doch alle längst gewöhnt. Nur wenn es einen selber traf, stürzte nach wie vor die Welt zusammen.

Marek hatte ihr einen Briefumschlag zukommen lassen. Darin fand Aysel, außer einem Foto, die Adresse des Hotels, in dem Mareks Frau nachts arbeitete, sowie die Adresse des Apartments, in dem das Ehepaar wohnte.

Auf dem Foto war eine schlanke, hübsche und große Frau mit braunem, hochge-steckten Haar zu sehen. Sie stand mit einem kurzen, weißen Tennisrock, rosa

T-Shirt, Turnschuhen und Tennisschläger am Court-Netz und lächelte selbstbewusst in die Kamera. „Der Junge hat Geschmack", dachte Aysel, als sie das Foto betrachtete. Marek hatte sie zudem übers Telefon informiert, wann seine Frau abends das Haus verlässt und dass sie ausschließlich mit öffentlichen Verkehrsmitteln fährt.

Die folgenden Tage arbeitete Aysel härter als sonst. Das übliche Tagesgeschäft würde sie dann auch soweit reduzieren, dass sie wenigstens etwas Zeit zum Ausruhen einplanen konnte. Ihren Englischkurs wollte sie weiterhin besuchen. Seit einigen Monaten nahm sie an einem Englischkurs in der Národní teil. Ab nächstem Jahr wollte sie erste Geschäftskontakte nach China knüpfen und das war ohne sehr gute englische Sprachkenntnisse nicht möglich.

Die Kinder würde sie die nächste Zeit aus der Schule abholen und mit ihnen nachmittags noch lernen oder etwas unternehmen, bevor sie abends einer ihr fremden Frau nachspioniert.

✳

Den Großteil des Wochenendes verbrachte sie, wie immer, wenn es nichts Dringendes, Geschäftliches gab, mit ihrer Familie. Da der Samstag durch Sportveranstaltungen ihrer Kinder weitgehend festgelegt war, und sie zudem an diesem Tag ihre Geschäfte aufsuchte, stand oft nur der Sonntag für kleinere Ausflüge zur Verfügung.

Aysel bemerkte schon beim Aufwachen, dass der Sonntag seinem Namen alle Ehre machte. Es war ein sonniger, kalter Frühlingstag. Sie beschloss, ihre Kinder zu überreden, von der Innenstadt zum Laurenziberg, dem höchsten Hügel der Prager Innenstadt, zu wandern und dort den Prager Aussichtsturm zu besteigen, der als verkleinerte Kopie des Eiffelturms die Stadt überragte.

Zudem konnten sich ihre Kinder und Eltern im Spiegel-labyrinth mal dick, mal dünn, mal groß und mal klein erleben. Sie wollte das Auto in der Národí auf dem kleinen bewachten Parkplatz parken und über die Brücke der Legionen, die über die Moldau führt, geradewegs zum Laurenziberg laufen. Schon beim Frühstück musste sie mit den Kindern verhandeln. Nein, zu Fuß wollten sie nicht zum Berg laufen und auch den Berg hochklettern käme für sie nicht in Frage. Aysel willigte zwar ein, von der Národní aus, mit der Straßenbahn 22 zu fahren, aber die Drahtseilbahn würden sie auf keinen Fall nehmen. Ihre Kinder sollten sich bewegen.

Nach dem Mittagessen machten sie sich auf den Weg.

Aysel fand einen Parkplatz am Jungmannplatz. Sie stiegen kurze Zeit später an der Metrostation Národní Třída in die Straßenbahn 22.

In der Bahn zog Aysel ihre Eltern und Kinder auf die rechte Seite. Der Blick auf die Burg von der Brücke der Legionen aus war atemberaubend. Aysel genoss ihn jedes Mal aufs Neue. Es passte alles zusammen. Die Moldau mit der Karlsbrücke, die nach oben ansteigenden Häuser und

Prachtbauten, das Gewusel an Dächern, dazwischen ab und zu ein Turm und als Krone der alles überragende St. Veitsdom.

Sie stiegen unterhalb des Laurenziberges aus und gingen den Weg links der Drahtseilbahn hinauf. Zunächst glich das Gelände einem Park. Je höher sie kamen, umso mehr verwandelte sich der Berg in ein wegsames Waldgebiet. Arian schaute voller Neid auf die Touristen, die gerade in der Drahtseilbahn nach oben fuhren.

„Nun aber weiter", sagte Aysel, „oben kommt dann die Belohnung". Und die kam.

Im Spiegelkabinett war das Gelächter groß. Ihr Sohn wurde dick, wie ein Ballon und hatte meterlange Schuhe an. Rabia wollte lieber schlank aussehen, nur hübsch war sie als Strich nicht mehr. Auch ihre Eltern amüsierten sich beim Anblick ihrer verzerrten Körper.

Danach bestiegen sie die 299 Stufen des Aussichtsturms. Prag breitete sich vor ihnen aus, ohne viel von sich preiszugeben.

Auf dem Rückweg legten sie an der Zwischenstation der Drahtseilbahn eine Pause ein. Diese Aussichtsplattform mitten im Wald war besonders im Sommer begehrt. Aysel freute sich schon, hier bald alleine mit Sommerkleid und Sonnenbrille aufzutauchen, sich auf einen der weißen gusseisernen Gartenstühle zu setzen und, während die Stadt ihr zu Füßen lag, eine Cola zu trinken.

Als sie am späten Nachmittag wieder ins Dorf zurückfuhren, waren zwar alle zufrieden, langsam beeinflusste aber der heranrückende Montag die Stimmung.

Am nächsten Morgen fuhr Aysel, wie gewöhnlich, zur Deutschen Schule und dann zum Lager. Den ganzen Tag kümmerte sie sich um ihre Geschäfte. Als es dunkel wurde, war es Zeit, zum Hotel zu fahren, in dem Mareks Frau arbeitete. Dort angekommen parkte sie sogleich gegenüber dem Eingang des Hotels. Sie freute sich, dass sie einen so vorteilhaften Parkplatz gefunden hatte, der ihr gestattete, im Auto sitzen zu bleiben. Aysel hörte im Radio ein Lied von Enrique Iglesias. Danach schob sie eine Business English CD in ihren CD-Player. Sie wartete an diesem Abend vergeblich. Mareks Frau kam nicht. Ab und zu verließen einige Gäste das Hotel, es gingen auch Leute hinein, aber Mareks Frau war nicht darunter. Aysel fuhr in ihre Stadtwohnung, im Glauben, schon einen Schritt weiter zu sein. Wäre Mareks Frau krank gewesen, hätte Marek sie informiert. So hatten sie es vereinbart. Also war seine Frau woanders hingegangen. Aysel beabsichtigte, am nächsten Abend vor Mareks Wohnung zu warten. Sie las abends noch „Sons of Fortune" von Jeffrey Archer und schlief dann bei Licht ein.

✳

Am nächsten Morgen nahm sie, wie jeden Dienstag, an einem Englischkurs teil. Wie immer kam sie etwas zu spät. Die anderen saßen bereits konzentriert über ihren Büchern, nur Tom, der amerikanische Englischlehrer, nickte ihr zu und streifte dabei mit schnellem Blick über ihre Beine. Tom war mit einer Tschechin verheiratet. Er hatte seine Frau vor einigen Jahren in San Franzisko kennen gelernt und arbeitete seitdem als Englischlehrer in Prag. Es wurde viel gelacht, besonders weil Tom auf witzige Art allergisch reagierte, wenn im Kurs Tschechisch gesprochen wurde, was ab und zu vorkam.

Tom, Mitte dreißig, groß, dunkelhaarig mit schmaler Nase und braunen Augen trug meistens eine dunkle Jeans, weißes Hemd und dunklen Pullover. Aysel wusste nicht, woher das Bild kam, das sie sich von ihm machte, vielleicht von den vielen amerikanischen Filmen, die sie in ihrem Leben gesehen hatte.

Dieser Mann gehörte für sie auf die Veranda einer amerikanischen Südstaatenvilla. Dort sah sie ihn, geschützt vor der Nachmittagssonne im Schaukelstuhl sitzen, mit Blick auf Baumwollplantagen und auf spielende Kinder, die seine Enkel sein konnten. Zu Tom würde das Alter gut passen. „Er wird an Attraktivität zulegen", dachte Aysel, während sie ihr Englischbuch öffnete.

Nach dem Englischkurs eilte sie die Narodni entlang. Tom holte sie ein, passte sich ihrem schnellen Schritt an.

„Gehst du was essen?", fragte er.

„Habe ich vor", antwortete Aysel.

„Lass uns zusammen ins T.G.I. Friday's gehen". Auf der Národní überholte sie gerade eine weiße Stretchlimousine.

„Oh, mein Auto kommt", sagte Aysel und lachte. Sie liefen Richtung Wenzelsplatz in die Na Příkopě. Tom sprach die ganze Zeit, sie hörte nur zu. Manchmal lachte er über seine eigenen Witze.

Im T.G.I. Friday's, einer amerikanischen Fast-Food-Kette auf der Na Prikope, liefen Tschechen als verkleidete Amerikaner in ihren rotweißgestreiften Shirts mit Hosenträgern herum und servierten in schwarzen Schürzen Cheeseburger, Chicken Wings und was es sonst noch so amerikanisches gab. An den Wänden waren alte, original amerikanische Gebrauchsgegenstände und Werbeplakate angebracht. Tiffanylampen hingen, wie bunte Papageien, über den Tischen. Sie setzten sich an einen Zweiertisch und bestellten Hamburger und Cola.

„Wie gefällt dir deine Arbeit?", fragte Aysel.

„Ganz gut, mit den Tschechinnen gibt es keine Probleme, nur mit den Männern habe ich so meine Schwierigkeiten." Sie lachten beide.

„Nein, nicht was du denkst", Tom schüttelte dabei den Kopf. „Manche Männer sprechen viel zu emotionslos Englisch. Sie können damit die Aussage eines Satzes verändern."

„Wie meinst du das?", fragte Aysel.

„Nehmen wir an, du musst dich am Telefon für einen Fehler bei einem Kunden entschuldigen."

„Ich mache keine Fehler".

„Gut", sagte Tom, „also, ein Tscheche muss sich bei einem Kunden am Telefon auf Englisch entschuldigen, dann kommt es immer darauf an, wie man das ,I'm sorry' betont. Das kriegen sie meistens nicht so gut hin. Es klingt zu eintönig, Das ,I'm sorry' kommt dann rüber als: Lass mich endlich in Ruhe, du Idiot."

„Auch eine ehrliche Antwort", sagte Aysel und lachte.

Das Essen wurde serviert. Am Nebentisch redeten Engländer.

Als Aysel bezahlen wollte, fasste Tom nach ihrer Hand und sagte: „Ich übernehme das."

„Schon gut", antwortete Aysel, „bis jetzt habe ich all meine Rechnungen noch selbst bezahlt und das soll auch so bleiben."

Aysel war innerlich aufgewühlt, es war höchste Zeit für sie zu gehen. Sie lächelte, zog schnell ihre Hand zurück und legte das Geld in das dafür vorgesehene Kästchen. Mit der Ausrede, noch einen wichtigen Termin wahrnehmen zu müssen, verließ Aysel das Restaurant.

Am Abend parkte sie das Auto gegenüber Mareks Wohnung. Erst verließ Marek das Haus. Er überquerte die Straße, nickte ihr kurz zu und stieg dann in seinen Wagen, der einige Meter hinter ihrem stand. Nach wenigen Sekunden war sein Auto außer Sichtweite. Einige Zeit später kam Mareks Frau. Aysel drehte sich in Richtung Beifahrersitz und schaute erst wieder durch die Frontscheibe, als sie die Frau von hinten sah. Sie hatte tatsächlich die beige, halblange Nerzjacke an. Der um die Hüften gebundene Gürtel betonte dabei ihre schlanke Figur. Sie trug eine helle Reiterhose und braune hohe Stiefel. Ihr Haar war zu einem Pferdeschwanz zusammengebunden, der beim Gehen auffällig hin und her wippte. Aysel schloss ihr Auto ab und folgte der Frau in die Metrostation. Die Fahrt ging in Richtung Innenstadt. Mareks Frau stieg an der Station Můstek aus. Aysel ging ihr nach, bis sie sich auf dem Wenzelsplatz wiederfand. Von dort aus lief sie zum Altstädter Ring, auf dem das Jan Hus Denkmal steht und die berühmte Aposteluhr zu besichtigen ist. Aysel hatte keine Zeit, sich in Ruhe umzublicken. Sie hastete hinter der Frau her, immer mit genügend Abstand und in Angst, sie zu verlieren.

Sie lief durch die schmalen mittelalterlichen Gassen in Richtung Karlsbrücke. Es waren, wie immer, Touristen unterwegs. Das Licht der an den Häusern befestigten alten Laternen vermochte nur ein Bruchteil der Bürgersteige und Straßen zu beleuchten. Die vielen kleinen Touristikläden mit ihren Maruschkas, Glasgegenständen, T-Shirts und Marionettenpuppen waren noch geöffnet und spendeten weit mehr Helligkeit. Die Straßen wurden immer enger. Die Häuser drängten sich von beiden Seiten immer näher an Aysel heran. Doch dann änderte sich das Panorama schlagartig. Mareks Frau hatte bereits die Fußgängerampel überquert und lief schon unter dem alten Brückenturm der Karlsbrücke hindurch. Auch vor Aysel entfaltete sich bald darauf ein weiter Panoramablick auf die gesamte Kleinseite. Aysel lief schließlich auf der ältesten Brücke Prags über die Moldau.

Die Statuen wirkten in der Dunkelheit gespenstisch groß, als würden sie sich gleich auf die Touristen stürzen, Doch dann fesselte Aysel der Blick auf die Burganlage. Plötzlich war Mareks Frau nicht mehr zu sehen. Als Aysel sich verzweifelt umzuschauen begann, sah sie auf der linken Seite der Karlsbrücke eine Treppe, die nach unten führte. Von oben sah sie den kleinen, vom Laternenlicht beleuchteten Platz Na Kampě, der von hübschen alten Häusern begrenzt ist. Von der Frau sah sie nur noch kurz den wippenden Pferdeschwanz. Behutsam, aber schnell folgte Aysel ihr wieder. Sie lief die Treppe hinab, unter der Karlsbrücke hindurch, bis zu dem Restaurant, das direkt neben einem der Kafka-Museen liegt.

„Dahin geht sie also", dachte Aysel, „in das Hergetova Cihelna Restaurant." Hierher gingen auch einige Geschäftsleute, die Aysel kannte. Mareks Frau lief an den beiden Männerstatuen vorbei, die sich in einem flachen Wasserbecken nackt gegenüberstanden, hinunter ins Restaurant. Aysel wartete noch etwas. Das Restaurant hatte eine Außenterrasse mit Blick auf die Karlsbrücke und die Moldau. Aysel betrat nun auch das Gebäude. Im Vorraum erfuhr sie, dass noch freie Tische zur Verfügung standen. Sie gab ihren Mantel ab und folgte dem Waiter. Im Restaurant schlug ihr ein unaufhörliches Stimmengewirr entgegen. Die Gäste saßen an mit weißen Tischläufern versehenen Tischen, auf einfachen Holzstühlen. Nur an der Seite fand man eine Reihe bequemer Rattansitzgruppen. Das Restaurant wirkte überfüllt, es waren aber tatsächlich noch einige Tische frei. Die dunkelgoldene Wandfarbe dämpfte das Licht, das aus Plexiglaslampen von den gewölbten Decken strahlte. Aysel lief einen der schmalen Gänge hinter dem Waiter her. Nicht weit von der Bar hatte sie bereits Mareks Frau entdeckt. Sie saß mit einem Mann am Tisch, der für sein Alter noch erstaunlich attraktiv aussah. Plötzlich umfasste eine Hand Aysels Arm.

„Aysel, was machst du denn hier?", fragte jemand, „Komm, setz dich zu uns".

Der Mann, der Aysel festhielt, war Bilal, ein türkischer Geschäftsmann.

„Das ist Hamit, ein Geschäftspartner von mir", sagte Bilal.

„Freut mich", erwiderte Aysel und gab dem Mann, der mit am Tisch saß, die Hand. Aysel rief dem Waiter nach, dass sie keinen anderen Tisch mehr brauchte und setzte sich, ohne zu zögern, dazu.

„Wie läuft es so bei dir?", fragte Aysel.

„Nach wie vor gut", sagte Bilal, „die Leute sind ganz verrückt nach meinem Schmuck. So verrückt, dass sie in Bussen vorfahren." Bilal lachte selbstzufrieden. Er spaßte tatsächlich nicht. Er hatte Verträge mit Reiseveranstaltern laufen. Die Busse hielten auf dem Heimweg nach Deutschland immer erst an seinem großen Schmuckgeschäft am Rande der Stadt.

Aysel blickte immer mal zum anderen Tisch hinüber, an dem Mareks Frau saß.

„Bilal, der Mann da drüben, der mit den weißen Haaren und dem gestreiften Hemd, kennst du den?"

„Den hab ich hier schon öfter gesehen, mehr kann ich dir nicht sagen. Interessierst du dich jetzt doch endlich für reifere Männer?"

„Das nicht gerade", sagte sie, „aber die Kleine ist eine Verkäuferin von mir. Ich will wissen, was sie nachts treibt. Am Tag schläft sie mir fast im Geschäft ein."

„Ihr Frauen seid aber auch penetrant neugierig", erwiderte Bilal und lachte. Dann zeigte er auf einen Mann, der geschickt mit einem runden Tablett auf der flachen Hand den Gang entlanglief.

„Der Jaroslav kann dir da vielleicht helfen. Jaroslav weiß über alle, die hier mehrmals auftauchen, Bescheid."

Aysel legte ihren Kopf zur Seite, lächelte und sagte: „Kannst du das nicht übernehmen?" Bilal atmete tief durch und rief dann Jaroslav. Der Oberkellner ließ zunächst auf sich warten, kam dann aber doch an ihren Tisch.

„Jaroslav, kann ich mit dem da drüben Geschäfte machen?"

„Der in dem gestreiften Hemd? Der interessiert sich nicht für Schmuck. Das ist Michal Kasak, 68 aus Tschechien abgehauen, Mitte der 90er zurückgekommen. Läuft hier seit vielen Jahren ein, der hat richtig Schotter."

„Und die Kleine?", fragte Bilal.

„Die arbeitet im Escort Service. Taucht immer mal mit anderen Männern auf, aber die letzte Zeit kommt sie nur noch mit dem Kasak."

„Danke Jaroslav, schade, dass aus dem Geschäft nichts wird", antwortete Bilal.

„So, zufrieden?", fragte er Aysel, als Jaroslav wieder zum nächsten Gast geeilt war. „Mehr als das", erwiderte Aysel. Jetzt erst konnte sie sich in Ruhe mit der Speisekarte beschäftigen. Trotz des großen internationalen Angebots entschied sie sich für das tschechische Menü. Sie aß die Kartoffelsuppe mit Pilzen und Knoblauch, danach Ente mit Reis und als Nachtisch einen Apfelstrudel mit Vanillesoße. Während der ganzen Zeit erzählte Bilal von seinen Geschäften, dass er demnächst noch eines eröffnen wollte und dass durch die EU-Erweiterung als Standorte auch Bulgarien oder Rumänien in Frage kämen. Aysel trank noch ein kleines Bier und verließ das Restaurant, ohne Mareks Frau weiter zu behelligen.

Am nächsten Tag rief Marek an. Aysel war nicht besonders glücklich darüber. Sie brauchte Zeit, denn sie wollte die Informationen, die sie hatte, erst überprüfen. Sie selbst hatte nur gesehen, dass seine Frau Jana mit einem Mann um die 50 im Restaurant gegessen hatte. Erzählen konnte man ihr viel, ihr kam es auf Beweise an. Immerhin hatte sie Anhaltspunkte. Escort Service, das hieß Begleitung gegen Geld, und solche Agenturen gab es einige in Prag. Und den Namen, Michal Kasak, hatte sie sich auch gemerkt. Aber davon erzählte sie Marek nichts. Sie machte ihm klar, dass sie sich zu gegebener Zeit bei ihm melden würde.

Aysel fuhr nachmittags noch mal ins Lager und bat Lukáš, der für sie als Lagerarbeiter und Transporteur ihrer Textilien arbeitete, bei verschiedenen Escort Service

Firmen anzurufen. Sie gab vor, was er fragen sollte, und das tat er dann auch, ohne selbst viel nachzufragen. Mehrfach wiederholte er den gleichen Satz: „Guten Tag, mein Name ist Kasak, ich möchte mich heute Abend wieder mit derselben Frau wie immer treffen."

Zunächst kamen sehr seltsame Gespräche zustande.

„Ja, aber Sie hatten noch nie eine Begleiterin von uns. Wir kennen Sie nicht, wir haben aber sehr hübsche Frauen anzubieten." Erst nach zwanzig Minuten schien der Fisch anzubeißen.

„Ach ja, Herr Kasak, aber Tereza hat doch vor einer Woche gekündigt. Tut mir leid, wir können Ihnen jedoch einen attraktiven Ersatz anbieten." Lukáš lehnte ab und beendete das Gespräch. Aysel bedankte sich bei ihm. Anscheinend nannte sich Mareks Frau dort Tereza. Gekündigt hatte sie, aber warum und warum war sie dann noch mit diesem Kasak zusammen. Oder war Tereza eine ganz andere Frau. Aysel wusste es nicht. Ihre einzige Chance sah sie darin, Mareks Frau weiterhin zu beschatten. Aysel nahm es gelassen. Die nächsten Tage hatte sie anderes zu erledigen. Sie blieb auch wieder öfter nachts im Dorf.

Am Sonntag darauf fuhr sie mit ihrer Familie nach Karlstein, einer mittelalterlichen Burg, einige Kilometer von Prag entfernt. Sie parkten auf dem großen Parkplatz und liefen die ansteigende Straße zur Burg hinauf. Die vielen Souvenirläden ließen sie nur langsam vorankommen. Die mittelalterliche Burg zeigte sich erst auf halbem Weg nach oben.

„Der böhmische König und römische Kaiser Karl IV. hat sie seit 1348 bauen lassen, um einen sicheren Ort für seine Kronjuwelen und für wichtige Staatsdokumente zu schaffen", erklärte Aysel. Die Burg wirkte märchenhaft perfekt.

Da Arian und Rabia nicht gefrühstückt hatten, setzten sie sich alle noch, vor dem endgültigen Aufstieg, in eines der kleinen Gartenlokale.

„Ich will ein Holzschwert", drängelte Arian ständig.

„Ich will oben auf der Burg Ritter spielen".

„Glaub nur nicht, dass ich mir auch noch ein Schwert hole", sagte seine Schwester, „da musst du schon mit dir allein spielen."

„Das ist mir egal, ihr seid alle meine Feinde und ich werde euch besiegen, weil nur ich ein Schwert habe."

„Du bist dann das Burgfräulein", sagte Aysel und lachte. Rabia fand das nur noch albern. Später bekam Arian doch noch das Holzschwert, mit dem er unmittelbar vor der Burg im Wald verschwand, um sich im wilden Gestrüpp eine Schneise zu schlagen. Aysel holte ihn bald darauf zurück.

Sie besichtigten noch die Innenräume der Burganlage und ließen sich am Ende in einer Pferdekutsche wieder zum Parkplatz zurückbringen. Der Ausflug hatte allen gefallen, auch ihren Eltern.

Sonntagabend redeten sie über die bevorstehende Reise in die Türkei. Aysels Eltern wollten mit den Kindern die Osterferien in ihrer Eigentumswohnung auf der asiatischen Seite von Istanbul verbringen. Zudem wollte Aysels jüngste Schwester aus Kanada nach Istanbul kommen, um ihre Eltern und Schwiegereltern zu besuchen. Auch Aysel hatte vor, aus geschäftlichen Gründen nach Istanbul zu fliegen. Sie reservierte gleich Montag das Flugticket und ging dann ihrem gewohnten Tagesablauf nach.

Abends wartete sie wieder im Auto vor Mareks Wohnung. Mareks Frau trug diesmal einen Trenchcoat. Sie stieg erneut in die Metro und am unteren Ende des Wenzelsplatzes aus, lief aber diesmal in die Na Příkopě, in das Casino Palais Savarin. Dieses Barock-Rokoko-Palais aus der Mitte des 17. Jahrhunderts hatte Aysel noch nie von innen gesehen. Hier konnte man amerikanisches Roulette, Black Jack und andere Spiele spielen, oder einfach nur zuschauen. Auch elektronische Spielautomaten gab es. Aysel fand es zu früh für einen Besuch im Casino. Dementsprechend hingen auch nur wenige Mäntel an der Garderobe. Sie musste sich ausweisen, dann setzte sie sich im nächsten Raum an die Halbrundbar und bestellte bei einer hübschen jungen Tschechin Martini Bianco auf Eis. Zwei Barhocker weiter saß ein Mann, der offensichtlich gerne mit ihr ins Gespräch gekommen wäre. Aysel nahm jedoch ihr Glas und schlenderte langsam an ihm vorbei in den klassischen Casinoraum. Obgleich auch hier elektronische Roulettspiele aufgestellt waren, wirkte der Salon wie ein Relikt alter Zeiten. Die drei schweren funkelnden

Kristallleuchter, die vielen kleinen Roulettetische mit den erhöhten Sitzen für die Croupiers, die Stuckausstattung der Decke und der Wände und die massigen, bleischweren Gardinen an den großen alten Fenstern fesselten ihre Aufmerksamkeit so sehr, dass sie im ersten Augenblick Mareks Frau nicht wahrnahm. Diese saß an einem der vielen Roulettetische, neben Michal Kasak, auf einem kleinen grünen Ledersitz und legte wie fast alle, die um den Tisch herum saßen, Jetons auf das Zahlenfeld.

Dann rollte die Kugel auch schon und bald darauf begann ein neues Legen und Rollen und Schieben und Gewinnen und Verlieren. Da hier Geld im Spiel war, interessierten sich weder Mareks Frau, noch einer der anderen Spieler für die wenigen Zuschauer, die das Spiel passiv verfolgten. Aysel fühlte sich vollkommen sicher.

Der Mann, der mit Aysel an der Bar gesessen hatte, betrat nun auch den Raum. Er ging langsam auf Aysel zu, stellte sich dezent neben sie und fragte: „Erkennen Sie ihn?" Aysel zuckte zusammen. „Wen meinen Sie?"

„Oh, ich wollte Sie nicht erschrecken, ich meine den Mann dort." Er schaute auf einen Herrn im einfachen gelben T-Shirt und Jeans, der gerade dabei war, seine Jetons zu platzieren. „Das ist David Novotný, der bekannte Fernsehmoderator."

Aysel war das gar nicht aufgefallen. Dieser Mann sah aus, als hätte er seit Stunden eine Zigarette nach der anderen geraucht und dazu Kaffee und Bier getrunken. Nur die teure Armbanduhr ließ auf eine wohlhabende Existenz schließen.

„Da sieht man mal wieder, zu was Maskenbildner fähig sind", flüsterte Aysel dem Mann entgegen. David Novotný trat normalerweise im tschechischen Fernsehen als adrett gekleideter, älterer, wortgewandter Herr auf. Jetzt sah er regelrecht bedauernswert aus.

Da sich die Anzahl der Jetons, die vor Mareks Frau und Michal Kasak lagen, immer mehr verringerten, rechnete

Aysel damit, dass beide nicht mehr lange im Casino bleiben würden. Sie beschloss draußen auf sie zu warten.

„Darf ich Sie zu einem Drink einladen?", fragte der Mann, der noch immer neben Aysel stand und offenbar bemerkt hatte, dass ihr Glas leer war.

„Vielen Dank, aber leider kann ich nicht länger bleiben."

„Schade, ich hätte mich gerne mit Ihnen noch weiter unterhalten."

„Es war nett mit Ihnen", entgegnete Aysel lächelnd, „einen schönen Abend noch." Dann ging sie zur Garderobe zurück, ließ sich ihren Mantel geben und lief kurz darauf auf der Na Příkopě, immer den Eingang des Casinos im Auge.

Arm in Arm kamen Mareks Frau und Michal Kasak einige Zeit später aus dem alten Gebäude. Sie liefen langsam in Richtung Pulverturm. Aysel folgte ihnen nicht. Sie hörte Mareks Frau lachen. Michal Kasak drückte sie mehrmals fest an sich und küsste sie dabei jedes Mal auf den Mund. Beide wirkten verliebt. Aysel war sich nun sicher, dass sie Marek keine guten Nachrichten überbringen konnte. Ihre Arbeit sah sie als beendet an.

Sie schob es noch ein paar Tage hinaus, Marek zu informieren. Ihre Eltern waren bereits mit den Kindern in Istanbul. Zwei Tage vor ihrem eigenen Abflug bat sie Marek, ins Café Kavárna Slavia zu kommen. Dieses nüchterne, im Art déco Stil der 30er Jahre rekonstruierte Café war ihrer Meinung nach der richtige Ort für die Überbringung unangenehmer Nachrichten. Kaum etwas konnte hier ablenken und die harte Realität verpacken, verschönern und ins Absurde lenken. Es war wie es war und es würde in diesem Moment der Gewissheit keinen Trost und keinen Ausweg geben. Der kam manchmal mit der Zeit, aber die verwandelte sich nur langsam von der Sekunde in die Minute von der Stunde in den Tag, von der Woche in Monate und Jahre.

Aysel konnte sich nicht allzu lange mit Gefühlen anderer Leute beschäftigen. Sie hatte ihre Istanbulreise vorzubereiten. In der Türkei würde sie sich mit Lieferanten treffen. Zudem hatte sie eine neue Geschäftsidee, die sie auf ihre Umsetzbarkeit überprüfen wollte. Als sie die Termine mit den türkischen Jeansherstellern und

T-Shirt-Fabrikanten telefonisch vereinbart hatte, war es für sie höchste Zeit, sich auf den Weg zu ihrem letzten Treffen mit Marek zu machen.

Als sie das Café Kavárna Slavia, in der Národní, gegenüber dem Nationaltheater, nahe der Moldau, betrat, suchte sie alle Tische nach Marek ab, sie hatte sich verspätet. Marek saß an einem Tisch in der hintersten Nische, vor einer Milchglaswand, die ein gedämpftes Licht von sich gab. Als er sie sah, winkte er sie herbei. Sie begrüßten sich und Aysel setzte sich ihm gegenüber an einen grünen Marmortisch. Die Tische um sie herum waren noch frei. Nur die Fensterplätze, mit Blick auf die Burganlage, waren besetzt.

„Wie findest du sie?"

„Sie ist eine bezaubernde junge Frau, Marek, da gibt es keinen Zweifel."

Als die Kellnerin kam, bestellte Aysel ein Mineralwasser, das gleich darauf auf ihrem Tisch stand. Marek sah sie erwartungsvoll an. Beide schwiegen eine Zeit lang.

Cafégeräusche drangen an ihr Ohr. Das metallene Geräusch von aufgegriffenem Besteck, das Aneinanderschlagen von Porzellan, das Ausklopfen von Kaffeesatz, das Klingeln eines Telefons, die Kühlschranktür, das Drucken der Kassenzettel und ein unentwegtes Stimmengedröhne, das von leiser Popmusik begleitet, nie mehr zu entwirren sein würde. Aysel fühlte sich gar nicht wohl. „Marek, du hattest leider die richtige Vorahnung", begann sie das Gespräch. „Ich habe sie mit einem Mann gesehen und es sah mehr als nach Freundschaft aus."

„Du meinst, sie haben sich geküsst?"

„Ja, das haben sie"

„Ist er jung?"

„Nein, er ist älter als du".

„Weißt du noch mehr?"

„Es kann sein, dass sie sich über den Escort Service kennen gelernt haben."

„Meine Frau geht für Geld mit andern Männern aus?"

„Ganz sicher bin ich mir nicht, aber wenn, dann hat sie diesen Job beim Escort Service bereits wieder aufgegeben. Sie ist nur noch mit diesem Mann zusammen. Er heißt Michal Kasak und scheint wohlhabend zu sein."

Marek wirkte niedergeschlagen. Er sackte in sich zusammen und schaute eine Zeit lang mit befremdend leerem Blick auf die Tischplatte. Das bisschen Hoffnung, was er mitgebracht hatte, war offenbar gerade dabei, das Café fluchtartig zu verlassen.

„Was wirst du jetzt tun?", fragte Aysel.

„Ich weiß es noch nicht."

Marek holte sein Portemonnaie hervor und legte 5000 CZK auf ihre Hälfte der Tischplatte. Aysel schob das Geld wieder in seine Richtung zurück.

„Marek, ich habe das nicht für Geld gemacht. Du hast mir damals im Krankenhaus geholfen und ich fühle mich jetzt nicht in gleicher Weise fähig, dasselbe für dich zu tun. Ich würde dir gerne die Wut und die Einsamkeit nehmen."

„Die konnte ich dir damals auch nicht nehmen, damit muss wohl jeder alleine fertig werden."

„Aber du hast mir zugehört."

„Ich bin noch nicht so weit, dass ich reden kann."

Aysel spürte, dass dies eine indirekte Aufforderung war, ihn allein zu lassen. Sie stand auf, nahm ihre Jacke und legte ihre Hand auf seinen Arm.

„Ruf mich an, wenn du soweit bist, Marek."

„Mache ich", sagte er. Dann verließ sie das Café.

Entgegen ihrer Stimmung war es draußen sonnig und schon wärmer als noch vor einer Woche. Aysel war froh, dass sie sich gleich wieder in ihre Arbeit stürzen konnte. Sie brauchte jetzt Ablenkung. Sie fuhr in eines ihrer Geschäfte im Einkaufszentrum Nové Butovice. Dort unterhielt sie sich lange mit ihren Verkäuferinnen über die neue Sommerkollektion und die Höhe der Stückzahlen, die sie in der Türkei bestellen würde. Dann fuhr sie ein letztes Mal vor ihrer Abreise ins Lager. Als sie spät abends ihre Wohnung betrat, packte sie die Plastiktüte mit den Lebensmitteln aus, machte sich etwas zu Essen und schaute dann bis tief in die Nacht fern.

Am nächsten Tag konnte sich Aysel im Englischkurs kaum konzentrieren. Sie war noch zu müde. Als Tom alle aufforderte von ihrem letzten Wochenende zu erzählen, fiel es ihr schwer über den Karlsteinaufenthalt auf Englisch zu berichten. Überhaupt fühlte sie sich an diesem Tag nicht wohl im Unterricht. Sie konnte Toms Blicke kaum ertragen. Was ihr sonst nur merkwürdig vorgekommen war, störte sie jetzt. Es passte ihr nicht, dass sie sich von einem Mann angezogen fühlte, der jünger war als sie, der keine schönen Hände hatte und zudem verheiratet war. Sie war über sich selbst verärgert. Sie beschloss die nächste Zeit den Englischkurs nicht mehr zu besuchen. Nachmittags packte sie ihren Koffer, dann duschte sie, band sich ein großes weißes Handtuch um ihren Körper, schlenderte von einem Zimmer ins andere, legte sich fast nackt auf ihr Bett, hörte Musik, sang vor sich hin, schaute manchmal fern oder las in einem Buch. Dann sah sie sich die eingegangenen E-Mails durch und antwortete einer Freundin, wann sie sich wieder mit ihr treffen konnte.

Gegen Abend rief sie ihre Eltern in Istanbul an. Ihre Mutter berichtete, was für eine Freude das Wiedersehen der Schwester ausgelöst hatte. Sie hatten sie zwei Jahre nicht gesehen. Aysels Schwester Yesim absolvierte in Toronto an der Universität eine Zusatzausbildung als Versicherungsfachfrau. Am nächsten Tag flog Aysel nachmittags mit Türkish Airlines vom Flughafen Ruzyně nach Istanbul.

Als Aysel einige Tage später wieder in Prag landete, trübten die Menschen, die auf ihre Verwandten, Freunde oder Geschäftspartner warteten, ihre gute Stimmung. So schön der Anblick war, wenn ein Paar sich nach langer Zeit der Trennung wieder in die Arme schloss, so sehr konfrontierte es Aysel mit dem, was sie insgeheim vermisste. Auf sie wartete niemand. Das war einer der seltenen, aber quälenden Momente, in denen sie sich einsam fühlte. Erhobenen Hauptes zog sie den Trolley hinter sich her und winkte vor dem Terminal ein Taxi herbei. In der Hoffnung, wieder in ihre alte Form zu gelangen, unterhielt sie sich mit dem Taxifahrer über das Wetter der letzten Woche und über die politischen Neuigkeiten, die sie in der Zwischenzeit verpasst hatte.

Als sie ihre Wohnung betrat, kam ihr alles neu vor, als müssten sich ihre Augen erst wieder an die antiken Möbel und die Farbenpracht ihrer Gardinen gewöhnen. Sie ging von ihrem Arbeitszimmer direkt zum Schlafzimmer, warf sich aufs Bett und starrte die Decke an. „Weiter Aysel", dachte sie, „weiter, die Kinder brauchen dich, das Geschäft muss laufen und alles andere stört nur."

Die nächsten Wochen verliefen im gewohnten Rhythmus. In Prag kehrte der Sommer ein und mit ihm unermesslich viele Menschen aus fremden Ländern, die an den wichtigsten Plätzen der Innenstadt die Nacht zum Tag machten. Keiner der Reisenden dachte hier gerne ans Einschlafen. Es gab zu viel zu sehen, zu entdecken und zu genießen. Ihre Eltern und Kinder waren längst aus Istanbul zurück. Aysel ging ganz normal ihrer Arbeit nach. Den Englischunterricht mied sie noch immer.

Eines Morgens saß sie, wie gewöhnlich, in ihrem Büro, das direkt an das Lager angrenzt, als Lukas, der Lagerarbeiter, den Kopf in die Tür steckte.

„Meine Frau hat gestern Kuchen gebacken." Er trat in das Büro und hielt eine mit Zeitungspapier umwickelte Plastikdose in der Hand, die er Aysel überreichte.

„Danke Lukas, das kommt jetzt wie gerufen. Ich habe noch nicht gefrühstückt."

Sie war gerade dabei die Dose entgegenzunehmen, als es schellte. Lukas entschuldigte sich und verließ das Büro. Aysel wusste, dass zu dieser Zeit die Post angeliefert wird und hörte auch schon bald die gewohnte Stimme des Postboten. Sie beschloss, eine Pause einzulegen, befreite die Dose von dem Zeitungspapier, öffnete sie und nahm ein Stück trockenen Sandkuchen heraus. Glücklicherweise war ihre Kaffeetasse noch halb voll, so dass sie sich nicht um eine neue bemühen musste. Aysel aß genüsslich von dem Kuchen, als ihr Blick auf das Zeitungsblatt fiel, das kurz zuvor die Dose umschlossen hatte. „Deutscher am Flughafen….." den Namen des Flughafens und das Wort „abgestürzt" konnte sie erst lesen, nachdem sie die

Zeitung glatt gestrichen hatte. Sie entnahm dem Artikel, dass ein Deutscher mit den Anfangsbuchstaben M. K. am Flughafen Letňany, auf dem nur kleine Flugzeuge starten und landen, mit einer Cessna abgestürzt war und nicht überlebt hatte.

„Die Polizei geht gemäß bisherigen Ermittlungen von einem Unfall aus", las sie weiter. Aysel hatte nur den Hauch einer Ahnung und hoffte, dass hier nichts als ein dummer Zufall vorlag und sich hinter den Initialen M. K. ein anderer Name als Michal Kasak verbarg.

Nach einer Stunde hatte sie keine Ruhe mehr. Sie stieg in ihr Auto und fuhr zum Flughafen. Dort sah sie einen grauhaarigen Herrn mit Schirmmütze, blauem Hemd und Shorts in der prallen Sonne an einem Motor herumschrauben. Aysel ging auf den Mann zu.

„Guten Tag, entschuldigen Sie, wo kann man hier Rundflüge buchen?"

„Da gehen Sie am besten in das Restaurant, da finden Sie immer einen meiner Kollegen. Mein Flugzeug wird so schnell nicht starten können".

„Ich wollte meinen Sohn mit einem Rundflug zu seinem Geburtstag überraschen, habe aber von einem Absturz gelesen und bin mir mittlerweile nicht mehr so sicher, ob das eine gute Idee ist."

„Ach, der mit der Cessna", erwiderte der Mann, „wir haben uns auch schon so unsere Gedanken gemacht. Das war vielleicht gar kein Unfall. Die Maschine war fast neu und der Kasak konnte auch gut fliegen."

Aysels Atem stockte, ihr wurde heiß und fast schwarz vor Augen. Ihre schlimmste Befürchtung war für sie in Sekundenschnelle zur Tatsache geworden, der Tote war Michal Kasak. Mühsam versuchte sie Haltung zu bewahren. Der Mann schaute sie verwundert an. „Lassen Sie sich mal nicht abschrecken davon, das ist der erste Absturz seit 40 Jahren hier auf dem Flugplatz".

„Ja dann", antwortete Aysel, auffallend verstört, „ich überlege es mir vielleicht noch mal."

Im Eilschritt lief sie zu ihrem Auto zurück, stieg ein und tat das, was sie schon immer getan hatte, wenn sie durcheinander geraten war. Sie drehte das Radio auf und fuhr los, diesmal von einem Ende der Stadt zum anderen.

Sie fuhr an Häusern vorbei, die durch ihre Einzigartigkeit und Harmonie in Staunen versetzten. Atlasse trugen an manchen Häusern nun schon seit vielen Jahrzehnten die Last mehrerer Stockwerke, ohne auch nur geringste Ermüdungserscheinungen aufzuweisen. Versteinerte Gesichter schauten auf sie herab, erschaffen von Künstlern, die längst das Zeitliche gesegnet hatten.

Im Radio lachten zwei Moderatoren über ihre einfallsarmen Witze. Wäre Aysel nicht so verzweifelt gewesen, hätte sie sich über dieses alberne Gebaren amüsiert.

Sie versenkte das Seitenfenster in der Tür. Der warme Wind tat gut. Langsam atmete sie wieder tief durch. Ihr Spürsinn hatte sie zum alten Stadion Strahov gebracht. Sie parkte das Auto, legte ihre Tasche in den Kofferraum und lief zur weit ausgedehnten Aussichtsbalustrade. Es waren nur wenige Menschen unterwegs. Der Rundbrunnen mit den Obelisken füllte die Mitte des Platzes. Aysel ging zum Brunnen, zog ihre Schuhe aus und umrundete die beiden Obelisken, die wie übergroße Betontürme, mitten im Brunnen, in den Himmel ragten. Die Sonne brannte, das kühle Wasser umgab ihre Füße.

Sie dachte an ihre Kindheit, als sie in dem Bach neben ihrem Haus Staudämme gebaut hatte. Wasser hatte sie schon immer fasziniert. Das war das Einzige, was sie in Tschechien vermisste, das Meer. Wie hatte sie sich am Anfang darüber lustig gemacht, dass die Tschechen „Ahoy" sagen, wenn sie einen guten Freund begrüßen oder verabschieden. Jetzt hätte sie am liebsten auch „Ahoy" geschrieen, wäre auf ein Schiff gestiegen und nie mehr zurückgekommen. Flüchten, aber wohin? Sie fühlte sich schuldig. Schuldig an dem Tod eines Mannes. Schuldig, dass sie so naiv gewesen war, den Namen eines Mannes preiszugeben, der Opfer einer Eifersucht wurde.

„Ich gehe zur Polizei, aber vorher werde ich diesen verdammten Marek noch einmal anrufen. Ich werde ihm sagen, was für ein erbärmlicher Lump er ist", dachte Aysel.

Ihre Verkäuferinnen im Einkaufszentrum Nový Smíchov merkten sofort, dass mit Aysel etwas nicht stimmte. Es kam kein Lächeln über ihr Gesicht, wie sie es sonst gewöhnt waren. Sie erledigte nur das Nötigste und lief dann zu ihrer Stadtwohnung. Diesmal übersah sie ihren kleinen grünen Balkon. Als die Wohnungstür hinter ihr ins Schloss fiel, vernahm sie, außer dem gedämpften Dröhnen von Automotoren, nur die Geräusche, die sie selbst verursachte. Einzelne Dielen knarrten unter ihren Füßen, Schlüssel schlugen aneinander und erzeugten einen Klang, als bewegten sich kleine Glöckchen im Wind. Aysel nahm ihr Handy aus der Tasche und betrachtete es, als wäre es verseucht. Noch nie hatte sie ihr Handy so widerwillig in der Hand gehalten. Sie setzte sich nicht, als sie Mareks Nummer auf dem Display suchte. Aysel hätte das Handy am liebsten gegen die Wand geworfen, aber die Nummer wählte sich bereits wie von selbst. Langsam führte sie den kleinen Apparat ans Ohr. Da war sie wieder, dieselbe Männerstimme, wie damals, als das Auto aufgebrochen worden war, nur diesmal klang sie leise. Aysel sah keinen Grund mehr sich zu beherrschen. Sie schrie und es hörte sich grotesk an. Zu keiner Zeit hatte sie sich in solcher Rage erlebt.

„Mörder", schrie sie, „was hast du getan, wie konntest du das tun? Du Verbrecher, ich gehe noch heute zur Polizei und dann können sie dich von mir aus ins tiefste Verlies stecken, am besten nach Spilberk."

Erst als sie alles aus sich heraus geschrieen hatte, ließ sie ihn zu Wort kommen. Mareks Worte klangen leise und ruhig.

„Aysel, ich war es nicht", hörte sie ihn sagen, „das muss ein Unfall gewesen sein."

Sie fasste sich mit der Hand an die Stirn, ein kaltes Tuch wäre ihr lieber gewesen.

„Ich gehe zur Polizei", sagte sie darauf in ruhigerem Ton.

Sie hörte, wie er sich eine Zigarette ansteckte und gierig daran zog.

„Das brauchst du nicht mehr, das hat Jana schon getan. Sie werden mich wohl bald holen. Aysel, glaub du mir wenigstens, ich war es nicht." Dann wurde seine Stimme lauter. „Ich habe Jana nach unserem letzten Gespräch mit der Wahrheit konfrontiert. Ich war bereit, ihr zu verzeihen, aber davon wollte sie nichts wissen. Sie hat mich ausgelacht und mir vorgehalten, dass ich ihr nichts bieten kann und dass sie keine Lust hat auf dieses arme Leben, jetzt, wo es alles gibt in Tschechien. Ich hätte ihr so viel versprochen und so wenig gehalten. Sie sei so dumm gewesen und hätte an meinen großen Karrieresprung geglaubt. Ihr reicht es und nun habe sie den Mann gefunden, den sie wirklich liebt und mit dem sie leben will. Sie hat dann die Wohnung verlassen und ist zu ihrer Cousine ins Hotel gezogen. Nächste Woche wollte sie den Rest ihrer Sachen holen, auch einen Teil unserer Möbel. Dass er tot ist, habe ich erst durch Jana erfahren. Sie hat mich gestern Morgen angerufen und mich als guten Schauspieler verhöhnt. Ich würde nur so überrascht tun, so als wüsste ich von nichts, dabei sei ich der Mörder. Sie glaubt niemals an einen Unfall, hat sie noch gesagt. Wie ich ihr das antun kann. Das hätte sie nie von mir gedacht, aber dafür soll ich büßen. Sie müssen herausfinden, dass es ein Unfall war, Aysel, das ist meine einzige Chance".

„Du bist wirklich ein guter Schauspieler, jedenfalls scheint nun alles in den richtigen Händen zu sein."

„Du glaubst mir nicht, bitte Aysel, wenn nicht einmal du mir nicht glaubst, wer soll es dann tun?" Wieder zog er begierig an seiner Zigarette.

„Es ist völlig egal, was ich glaube oder nicht glaube, Marek, mir wäre es jedenfalls lieber, dieser Kasak wäre noch am Leben."

„Mir auch", sagte Marek, was Aysel als Anmaßung empfand.

„Ich beende das Gespräch, Marek. Was jetzt wird, weiß ich auch nicht. Aber eines kannst du mir glauben, mit Mördern habe ich kein Mitleid." Mehr sagte sie nicht mehr. Ihre kleine rote Handytaste war bereits aktiviert.

Sie fühlte sich, als hätte sie ein schweres Prüfungsgespräch hinter sich gebracht. Erleichtert, dass es vorbei war, wich langsam die Spannung aus ihrem Körper. Seine Frau hatte sie von der Pflicht befreit, Marek bei der Polizei anzuzeigen. Sie war ihr zuvorgekommen, was Aysel nur recht war. Jetzt hatte sie mit dem Ganzen nichts mehr zu tun. Sie spürte noch immer die Wut, aber ihren Teil hatte sie erfüllt. Mehr würde sie nicht machen. Nachmittags gönnte sich Aysel Erholung. Sie schlief bis zum Abend durch und fuhr dann zu ihren Eltern und ihren Kindern aufs Land.

An den folgenden Tagen blätterte sie mehr als sonst Zeitungen durch. Sie fand keine einzige Notiz, die auf den abgestürzten Michal Kasak Bezug genommen hätte. Zwischenzeitlich hatte sie eine E-Mail von Tom erhalten. Er fragte nach, warum sie den Englischunterricht nicht mehr besuchte. Iveta hatte ihm ihre Mailadresse gegeben. Iveta war eine Tschechischlehrerin, die mit im Englischkurs saß. Mit ihr traf sich Aysel ab und zu. Tom erkundigte sich, ob er etwas falsch gemacht hatte, da sie so lange nicht gekommen war. Aysel fühlte sich geschmeichelt. Welcher Englischlehrer für erwachsene Menschen fordert seine Schüler schon zur Teilnahme am Unterricht auf? Sie hatte auch wieder genügend Abstand gewonnen, um Tom zu antworten. Die Arbeit hat Überhand genommen, schrieb sie, aber sie wird bald wieder im Kurs erscheinen. Einen Tag später fragte er erneut nach, wann sie denn wiederkäme. Die anderen hätten sie schon vermisst. Aysel versprach zum nächsten Kurstermin wieder anwesend zu sein.

Sie hielt ein, was sie versprochen hatte. Sie nahm wieder am Englischkurs teil und gönnte damit ihrem Alltagsleben eine gelehrsame Unterbrechung. Ihre innere Beziehung zu Tom hatte sich wieder normalisiert. Er gefiel ihr noch immer, aber das wurde nicht mehr durch Tagträume verstärkt. Nach dem Kurs fragte er sie, ob sie mit ihm auf die Terrasse des Cafés im Palais Adria gehen würde. Aysel überlegte nicht lange, sie nahm das Angebot an. Auf dem Weg dorthin wichen sie immer mal wieder entgegenkommenden Passanten aus. Am Zebrastreifen blieb Tom plötzlich stehen.

„Wo warst du die ganze Zeit?" „Ich war in der Türkei, danach hatte ich viel Arbeit, aber das habe ich dir bereits geschrieben."

„Ja, ich weiß, aber du hast gefehlt." Er schaute sie eindringlich an, so, als wollte er sich vergewissern, ob sie diesen Satz begriff.

Eine Gruppe italienischer Jugendlicher kam ihnen entgegen. Tom und Aysel wurden durch diesen Menschenansturm für kurze Zeit auseinander gerissen. Als sie wieder nebeneinanderher gingen sagte Tom: „Es hat ganz schön gedauert, bis Iveta bereit war, mir deine Mailadresse zu geben. Ich hatte ihr verboten dich selbst wegen der Abwesenheit anzusprechen. Das wollte ich tun. Jetzt mal raus mit der Sprache: Was gefällt dir an meinem Unterricht nicht?"

Aysel schwieg und lächelte nur. Sie hatten die Unterführung des Palace Adria, das Aysel an ein englisches Kastell erinnerte, erreicht. Bald darauf stiegen sie die Treppen hoch zum Café. Dort setzten sie sich auf die große Terrasse unter einen blauen Sonnenschirm und überblickten einen Teil des Jungmannplatzes. Frauen in leichten Sommersachen flanierten die Národní hoch und hinunter. Die Männer wirkten weniger modisch. Es waren auch viele alte Leute unterwegs und - wie immer - Touristengruppen. Aysel bestellte einen Orangensaft und beteuerte erneut, keine Zeit gehabt zu haben. Tanzmusik drang aus dem Innenraum bis zu ihnen nach draußen. Tom stand gemächlich auf und stützte sich auf das Geländer über der breiten Steinbrüstung.

„Oh mein Gott, wieder so eine Gruppe, die sich auf das Nationaltheater zubewegt und das Alphatier mit dem hochgehaltenen Schirm immer vorneweg. Die Touristen schauen sich Prag an und die Prager schauen sich die Touristen an." Aysel musste grinsen.

„Du bist noch lange kein Prager, auch wenn du hier schon einige Jahre lebst". Tom beobachtete weiter die Leute. „Ein Tourist bin ich auch nicht. Ich werde mich auf die Suche nach meiner Identität begeben, aber erst, wenn ich Lust dazu habe." Daraufhin drehte er sich zu ihr um. „In diesem Café gibt es Tanzabende. Kannst du Tango?" Sie konnte Tango und all die anderen klassischen Tänze, die es noch gab. Sie war zwei Jahre mit ihrem Mann, während ihrer Studentenzeit, sonntags tanzen gegangen. Nicht in einer Tanzschule, in einem Sportverein.

„Kann sein, dass ich mich noch erinnere", antwortete Aysel.

„Ich kann nur Tango tanzen, mehr nicht", sagte Tom.

„Warum nur Tango?"

„Ich habe vor einigen Jahren mit einer leidenschaftlichen Tangotänzerin mein Leben geteilt. Seitdem kann ich es fast perfekt." Er stand auf, ging zum Barkeeper und kam bald darauf zurück.

„Komm, im Café sitzt keiner, wir können ein wenig üben." Die Musik wechselte. Tangoklänge erfüllten das fast menschenleere Café.

Aysel glitt mit Tom über das Parkett, als wären sie für die tschechische Sendung Star Dance qualifiziert. Kurz vor Ende des ersten Liedes rief der Kellner Aysel zu, dass ihr Handy klingelt. Aysel unterbrach den Tanz nicht. Was kümmerte in diesem Moment ein klingelndes Handy. Ihre Gesichtszüge wirkten, trotz der strengen Tangotöne, entspannt. Nur einmal kamen sie aus dem Takt, fanden aber schnell wieder in den Ausgangsschritt zurück. Tom drückte ihren Körper fest an sich, mit ernster Miene konzentrierte er sich auf seine Schritte. Aysel ließ sich führen, ein Zustand, der für sie ungewohnt und neu war. Kurz vor Ende des zweiten Tangos prusteten beide los und brachen den Tanz abrupt ab.

„Das war sehr schön", murmelte Aysel, fast unhörbar.

Sie bedankten sich durch ein Kopfnicken beim Kellner und gingen zurück zu ihren Plätzen. Aysel schaute sogleich auf ihr Handy. Ihre Eltern hatten angerufen. Sie stand auf, entschuldigte sich und lief ins Treppenhaus. Von dort kam sie kurze Zeit später mit bleichem Gesicht zurück.

„Was ist los?", fragte Tom. „Du siehst aus, als hättest du schlechte Nachrichten erhalten?"

„Ach nichts, alles in Ordnung."

„Mach mir nichts vor!" Tom nahm einen Bierdeckel und drehte ihn mit dem Zeigefinger an der oberen Kante. „Wen hast du eigentlich, wenn es dir mal schlecht geht?"

Aysel schaute ihn erstaunt an: „Meine Freunde ... meine Eltern."

„Das nehme ich dir nicht ab." Aysel hielt ihr Glas fest umklammert. „Du denkst ich lebe einsam vor mich hin, ohne jemanden? Vergiss nicht, ich habe Kinder, mit Kindern ist man nie allein."

Beschwichtigend fasste er sie am Arm. „Gut, verstehe ich, ich wollte dich nicht verärgern. Aysel, ich will, dass du mir vertraust."

Sie schaute ihn argwöhnisch an. „So ein Unsinn, was soll das? Kümmere dich um deine Frau. Ich komme gut allein zurecht." Dann stand sie auf, nahm ihre Tasche, lief ins Café, bezahlte und verließ den Raum.

Aysel war irritiert. Wie konnte die Stimmung so schnell wechseln? Auf der Tanzfläche war sie so glücklich gewesen, aber dann war er ihr zu nahe getreten. Und die Polizei hatte sie zum Gespräch geladen. Das war zu viel.

Sie sah sich genötigt, aufs Dorf zu fahren, obgleich sie das erst für den Abend geplant hatte.

Es dauerte einige Zeit, bis Aysel ihre Eltern beruhigen konnte. Arian hatte den Brief geöffnet und damit eine Lawine ins Rollen gebracht. Seit er lesen konnte, öffnete er fast jeden Brief, der herumlag. Arian war an diesem Tag nicht in die Schule gegangen, weil ihm morgens der Bauch wehtat. Er hatte den Brief noch dazu sofort ins Türkische übersetzt. Aysels Eltern waren wegen der Vorladung besorgt. Sie sahen ihre Tochter bereits auf der Anklagebank sitzen. Aysel musste mehrmals versichern, dass sie nur als Zeugin geladen war und es um keine größere Sache ging. Ein Freund sei verdächtigt, nicht sie, beteuerte sie immer wieder. Der Termin war auf Freitag 9:00 Uhr gelegt.

✳

Am frühen Nachmittag fuhr sie erneut in die Innenstadt. Auf dem Weg dorthin holte sie ihre Tochter von der Schule ab und von dort fuhren sie in Aysels Stadtwohnung.

„Ich räume dir den Schreibtisch leer, dann kannst du mit den Hausaufgaben anfangen." „Mama, lass mich erst mal ein bisschen fernsehen. Ich komme gerade von der Schule und brauche Erholung."

„Gut", sagte Aysel, „ich gehe zum Laden und schaue nach dem Rechten. Wenn ich zurückkomme, hast du bereits mit den Hausaufgaben angefangen, verstanden?"

„Ja, versprochen", antwortete Rabia.

Aysel dachte ununterbrochen darüber nach, warum Marek ihren Namen genannt hatte. Warum hatte er ihn nicht einfach verschwiegen? Es gab schließlich nichts, was sie zur Aufklärung beitragen konnte und mit keinem Hinweis konnte sie Marek entlasten. Dass sie damals den Namen Michal Kasak preisgegeben hatte, war unüberlegt geschehen.

Aysel kam nach einiger Zeit zurück in ihre Wohnung. Da sie keine Klimaanlage hatte, lastete eine drückende Hitze in den Räumen. Rabia überredete ihre Mutter nach den Hausaufgaben mit ihr zum Schwimmbad ins Scharkatal zu fahren. Aysel fand die Idee gut und insgeheim freute sie sich schon auf dieses bezaubernde Freibad, das in einem idyllischen Felsental schon seit den 30er Jahren des vorigen Jahrhunderts Badegäste zu erfrischen vermochte.

Aysel bat ihren Vater übers Telefon, Arian zum Schwimmbad zu bringen und die Schwimmsachen nicht zu vergessen. Sie trafen sich am Parkplatz oberhalb des Tals und liefen kurze Zeit später, mit Badetaschen bepackt, den Weg zwischen den Felsen entlang. Ein Fluss schlängelte sich eine Zeitlang seitwärts des Weges. Dort wo die Blätter der Bäume keinen Schatten spendeten, glitzerte auf der Wasseroberfläche das Sonnenlicht. Die Felsen ragten scharfkantig in den Himmel. Die ganze Landschaft wirkte wie ein kleines gemütliches Ausflugsparadies, fernab der Stadt und doch so nah. Endlich konnten sie das Schwimmbad sehen. Erst noch ganz winzig wirkten die vielen weißen Kabinentüren, eingefasst in grüne Rahmen, die das Areal von hinten begrenzen. Das Blau der Schwimmbecken breitete sich davor aus. Da der Kiosk vorne lag, hatte er schon eine ansehnliche Größe erreicht. Die Kinder liefen voran, mussten dann aber an der Kasse auf ihre Mutter und den Großvater warten. Aysel bezahlte die Eintrittskarten. Rasch suchten sie sich einen Platz auf der Wiese am Hang unterhalb der Felsen.

Um nicht der prallen Sonne ausgesetzt zu sein, breitete Aysel ihre Decke im Schatten eines Baumes aus. Arian warf seine Sachen neben die Decke und lief sogleich in seiner blauen Badehose hinunter zum Wasser.

Seine Schwester Rabia holte ihren Badeanzug aus der Tasche, um bald darauf in einer der Kabinen zu verschwinden. Die Kabinentüren hatten schwarze

Nummern am oberen rechten Rand. Rabia wählte die letzte Kabine. Bald darauf öffnete sich die Tür von Nummer 54 wieder. Aysel beobachtete, wie Rabia sehr vorsichtig und langsam ins Wasser stieg. „Das Wasser muss kalt wie ein Bergsee sein", dachte Aysel, denn Rabia rieb sich die Beine im Wasser warm. Nur Arian schien die Kälte nichts auszumachen. Munter wie ein Fisch tauchte er einige Meter, um an einer anderen Stelle mit glücklichem Gesichtsausdruck wieder aufzutauchen.

Aysels Vater stand bald danach in Badehose am Beckenrand und warf ihm einen Ball zu. Arian nahm das Spiel auf. Immer wieder landete der Ball ein paar Meter von Arian entfernt im Wasser. Aysel konnte das Protestgeschrei und das zufriedene Lachen ihres Sohnes, sobald er den Ball wieder in Händen hielt, bis zu sich herauf hören. Sie selbst saß barfuß auf der Decke. Ihr T-Shirt und ihren weiten Rock hatte sie anbehalten. Sie durchstöberte die Tasche, die ihr Vater mitgebracht hatte. Außer ihrem Badeanzug fand sie reichlich zu Essen: Chips, Brote und Kuchen. Ihre Mutter hatte auch an Wasserflaschen gedacht.

Auf den Decken unmittelbar in ihrer Nachbarschaft saßen vorwiegend junge Leute in modernem Badeoutfit. Etwas oberhalb ihres eigenen Platzes weinte eine verzweifelte Tschechin während eines Telefonats. Aysel hielt ihr auffordernd eine offene Tüte Chips entgegen. Die junge Frau lehnte mit müdem Lächeln ab. „Wie kann man an einem so wundervollen Ort traurig sein", dachte Aysel und dann vielleicht noch wegen eines Mannes, der ohnehin nicht an ihr interessiert ist. Und warum konnte Marek einen Mann töten? Das ging ihr einfach nicht aus dem Kopf. Sicher, dieser Kasak hatte Mareks Frau erschlichen. Wie viel Hass konnte in einem Menschen stecken? Und warum war Marek jetzt zu feige, seine Tat zuzugeben? Rabia kam den Hang hoch.

„Ich hole mir Pommes, ich habe Hunger", sagte sie.

„Oma hat genug eingepackt. Du musst dir jetzt nichts holen. Außerdem ist am Kiosk eine lange Schlange", erwiderte Aysel.

Rabia nahm ein Handtuch und wickelte sich darin ein.

„Gib mir bitte Geld Mama, ich habe keinen Hunger auf Brot."

„Es ist auch Kuchen da und hier sind Chips."

„Geeeld", sang Rabia ihrer Mutter ins Ohr.

Aysel gab ihr Geld, bestand aber darauf, dass sie auch ihrem Bruder Pommes frites mitbringt. Arian hatte inzwischen die kleine Rutsche entdeckt. Immer wieder stieg er die Rutschleiter hinauf, um nach einer Spiraldrehung im Wasser zu landen. Aysel deutete ihrem Vater an, dass er Arian aus dem Wasser holen sollte. Es war später Nachmittag. Einige Badegäste fingen bereits an zusammenzupacken. Aysel wollte noch eine Stunde bleiben. Arian kam nur widerwillig aus dem Wasser. An der Hand seines Opas näherte er sich der Decke, auf der Aysel saß. „Warum muss ich denn schon raus, Mama?", rief er ihr von weitem zu.

„Heute Morgen hast du noch Bauchschmerzen gehabt, mach mal eine Pause. Rabia bringt dir gleich Pommes", antwortete ihm Aysel mit lauter Stimme. Später erlaubte sie den Kindern, noch einmal schwimmen zu gehen. Erst danach packten auch sie ihre Sachen zusammen und machten sich auf den Heimweg.

Der Freitag rückte näher. Für das Wochenende hatte sich der Inhaber der türkischen Strumpffabrik angemeldet. Er wollte mit seiner Frau kommen. Aysel hatte für sie ein Zimmer im Hotel Mövenpick reserviert. Sie hatte bereits mit einigen großen Kaufhäusern über das Aufstellen von Strumpfständern und über ihre Preise für Strümpfe gesprochen. Die Resonanz auf ihr Angebot war verhalten gewesen. Gegen die Preise aus China konnte sie nur bedingt konkurrieren. Sie hob besonders die Qualität der Strümpfe hervor, die China so nicht liefern konnte. Zwei Großmärkte waren dann auch bereit, Strümpfe in Kommission zu nehmen. Ein Erfolg, der am Wochenende gefeiert werden sollte.

Tom hatte ihr wieder eine Mail geschrieben. Er entschuldigte sich. Wofür wusste er selbst nicht so recht. Jedenfalls bat er sie, nicht wieder die Flucht zu ergreifen und den Englischunterricht weiterhin zu besuchen. Aysel schlief von Donnerstag auf Freitag in ihrer Stadtwohnung. Sie wollte keinesfalls zu spät zu der Vorladung kommen.

Freitagmorgen setzte sie sich in ihr Auto und fuhr ins Zentrum von Prag. Sie parkte unweit der Bartolomějská, der Straße, in der sich das Kriminalhauptgebäude befand, in dem sie sich um 9:00 Uhr einzufinden hatte. Aysel traf auf eine schmale, mit Kopfsteinpflaster ausgelegte Einbahnstraße, deren eine Seite fast vollständig von der Polizei vereinnahmt ist. Ein düsteres großes Sandsteingebäude dient als Polizeirevier der Prager Innenstadt. Das Kriminalhauptgebäude schließt sich diesem an. Es wirkt durch den gelben Anstrich und die modernere Bauweise freundlicher. Die andere Seite der Straße säumen alte, nicht sehr hohe Häuser, die einen Anstrich gut vertragen könnten. Vor dem Polizeirevier parkten drei Polizeiwagen. Als Aysel den Eingang zum Kriminalhauptgebäude erreicht hatte, hörte sie Orgelmusik, was ganz und gar nicht in diese Polizeiumgebung passte. Als sie sich umschaute, bemerkte sie, dass gegenüber dem Eingang des Kriminalhauptgebäudes eine Kirche sehr unauffällig in die Häuserreihe eingefasst worden war. „Da übt wohl gerade ein Organist", dachte Aysel.

Sie betrat das gelbe Gebäude und bat den Pförtner, der hinter einer Glasscheibe hervorlugte, Kriminalhauptkommissar Kahankov über ihr Eintreffen zu informieren. Der Pförtner tat sehr wichtig während seines Telefonats. Er schrieb das Stockwerk und die Zimmernummer auf einen Zettel und gab ihn Aysel. Sie lief die Treppen hoch in den dritten Stock und klopfte an eine Zimmertür, neben der drei Holzstühle standen, auf denen aber keiner saß.

„Ja", hörte sie eine gedämpfte Männerstimme rufen.

Aysel stand kurz danach in einem mittelgroßen Raum. Die Möbel waren offenbar Überbleibsel sozialistischer Zeiten. Einen alten, einfachen Schreibtisch und vier Stühle zählte Aysel, einen Akten- und einen Karteischrank auf der rechten Wandseite und eine vergilbte Neonröhre an der Decke. In großen Kübeln standen Gummibäume auf dem hüfthohen Karteischrank und in einer der Zimmerecken daneben. Ein Stadtplan, bespickt mit grauen Fähnchen, hing an einer der Wände. Der Kommissar saß an seinem Schreibtisch mit dem Rücken zum Fenster, das mit beigen, ungewaschenen Stores zugehängt war. Er sah Aysel mit ernstem Gesichtsausdruck an.

„Frau Norati?"

„Richtig", antwortete Aysel kurz.

„Kahankov", sagte er.

„Dachte ich mir", erwiderte Aysel.

„Setzen Sie sich." Er wies mit der Hand auf einen Stuhl, der auf der anderen Seite des Schreibtisches, direkt vor Aysel stand. Aysel bekam keinen Kaffee angeboten. Eigentlich hatte sie damit gerechnet. Trotzdem wirkte der Kommissar nicht unsympathisch. Er war groß, hatte breite Schultern und dunkles, volles Haar, nur etwas zu eng stehende Augen für sein voluminöses Gesicht. Von einer Rasur hielt er offenbar nicht viel. Sein Zweitagebart trug jedoch dazu bei, dass Aysel anfing, sich behaglicher zu fühlen. Er hatte einen noch als harmlos zu bezeichnenden

Bauchansatz. Das merkte Aysel erst, als er sich von seinem Stuhl erhob, um die Tür zum Nebenraum zu schließen.

„Nun, dann wollen wir mal anfangen", sagte er. Der Kommissar setzte sich wieder vor seinen Computer und begann, ihn für die Vernehmung vorzubereiten.

„Ich schreibe das Protokoll selbst, ich kann die vielen Nachfragen nicht leiden, besonders, wenn ein Kollege schwer von Begriff ist. Und dann muss ich hinterher sowieso wieder alles korrigieren. Also, Sie heißen Aysel Norati, wohnhaft in der Jiráskova in Rudná - verheiratet?"

„Geschieden".

„Kinder?"

„Zwei, im schulpflichtigen Alter."

„Wie lange sind Sie schon in Tschechien?"

„16 Jahre", antwortete Aysel.

„Was arbeiten Sie?"

„Ich bin selbständig, ich arbeite in der Textilbranche."

„Sie wissen warum Sie hier sind?" Der Kommissar schaute von seiner Tastatur geradewegs in ihr Gesicht.

„Ich kann zur Aufklärung des Falles Michal Kasak nichts beitragen", sagte Aysel.

„Hey, hey, Sie sind zu schnell. Fangen wir mal von vorne an. Dem Bericht von Marek Bukovs Frau zufolge, haben Sie im Auftrag von Herrn Bukov herausgefunden, dass seine Frau mit Herrn Kasak ein Verhältnis hatte. Das wurde uns auch von Herrn Bukov bestätigt. Sie haben ihm mitgeteilt, dass ein Michal Kasak der Geliebte seiner Frau ist." „Das ist richtig", antwortete Aysel.

Der Kommissar haute mit seinen zwei Zeigefingern in die Computertasten, als wäre ein Kind dabei, die ersten Klaviernoten zu spielen. Aysel wartete geduldig auf die nächste Frage. Sobald er mit dem Tippen aufgehört hatte, schaute der Kommissar wieder zu ihr hoch.

„In welchem Verhältnis stehen Sie zu Herrn Bukov?"

„Wir hatten uns einige Jahre aus den Augen verloren. Er ist ein Bekannter, der mich anrief, als er dieses Problem mit seiner Frau vermutete".

„Hatten Sie damals ein Verhältnis?", fragte der Kommissar weiter.

„Nein", antwortete Aysel, „wir waren nur gute Bekannte."

„Haben Sie, nachdem Sie ihrem Bekannten von dem Verhältnis seiner Frau berichtet haben, Herrn Bukov nochmals getroffen oder gesprochen?"

„Bis auf ein Telefonat, letzte Woche, habe ich ihn danach weder gesprochen noch getroffen."

„Warum haben Sie ihn letzte Woche angerufen?"

„Ich wollte ihm mitteilen, dass ich zur Polizei gehe."

„Sie sind aber nicht zur Polizei gegangen."

„Weil seine Frau das schon getan hatte."

„Was spricht dagegen, wenn ich behaupte, dass Sie Herrn Bukov geholfen haben, einen Unfall vorzutäuschen, was aber de facto Mord war?"

„Das ist absurd!"

„Sie sind am Flughafen Letňany gesehen worden." Aysel ließ sich nicht anmerken, dass sie anfing sich aufzuregen. Sie sagte mit leiser Stimme: „Das war nach dem Absturz." Der Kommissar fuhr mit der Hand über seinen Bartansatz.

„Es ist doch kein Geheimnis, dass Mörder gerne an den Ort des Mordgeschehens zurückkehren."

„Nun machen sie mal einen Punkt!", rief Aysel in den Raum. Sie hielt ihren Rücken sehr gerade. „Ich wollte mich vergewissern, ob es sich bei dem Toten, von dem ich in der Zeitung gelesen hatte, um Michal Kasak handelt. Das war für mich ein Schock."

Der Kommissar erhob sich, schob die Gardine zur Seite, schaute kurz aus dem Fenster und setzte sich daraufhin erneut auf seinen Stuhl. Aysel sah jetzt eine Gelegenheit die Frage zu stellen, die sie in diesem Moment am meisten beschäftigte: „Wie haben Sie das, ich meine, dass ich nach Letňany gefahren bin, herausgefunden?"

„Meine Leute brauchten nur nachfragen, ob sich eine Türkin die letzte Zeit auf dem Gelände aufgehalten hat. Außerdem hatten wir ein Foto von ihnen." Aysel schaute den Kommissar erstaunt an. Von Marek konnte das Foto nicht sein. Er hatte keines von ihr, da war sie sich sicher. Als hätte er ihren Gesichtsausdruck richtig gedeutet, fuhr er fort. „Das Foto haben wir von dem Kollegen der Ausländerbehörde, Sie haben die letzten Jahre dort als Dolmetscherin bei Verfahren gegen illegale türkische Einwanderer ausgeholfen. Ich habe persönlich mit dem Kollegen gesprochen. Er hat sich positiv über Sie geäußert. Ich habe einiges über Sie erfahren, auch dass Sie früher für die türkische Polizei gearbeitet haben." Diese Sätze sagte er in einem völlig anderen Tonfall, so, als wäre ihm die ganze Zeit klar gewesen, dass Aysel mit dem Mord nichts zu tun haben konnte. Aysel fühlte sich außer Gefahr. Ab jetzt hielt sie den Kommissar für kompetent.

„Trauen Sie Herrn Bukov einen Mord zu?", fragte der Kommissar.

„Ich traue keinem meiner Bekannten einen Mord zu", antwortete Aysel.

„Ist es denn bewiesen, dass es kein Unfall war?", fragte Aysel daraufhin den Kommissar.

„Es ist noch alles offen. Die Flugzeugteile werden gerade untersucht. Das kann noch ein paar Tage dauern. Trotzdem haben wir Herrn Bukov in Untersuchungshaft genommen. Es wiegt schon schwer, wenn die eigene Ehefrau ihren Mann des Mordes verdächtigt, er sich mit Flugzeugen gut auskennt und noch dazu ein Motiv hat. Trotzdem brauchen wir natürlich den Beweis. Wir werden bei diesem Fall ganz besonders sorgfältig vorgehen. Dieser Kasak war kein unbeschriebenes Blatt." Der Kommissar stand auf und holte einen Aktenordner aus dem Aktenschrank.

„Schon mal von dem Fall Lomský gehört?" Aysel überlegte angestrengt. Den Namen hatte sie schon gelesen. Langsam fiel es ihr wieder ein.

„War das nicht irgendein Richter, der ehemals staatseigene Firmen für insolvent erklärt hatte, obgleich sie das nicht mal annähernd waren?"

„Ja", sagte der Kommissar, „um den Fall geht es. Dahinter steckt eine ganze Organisation von Politikern, Polizisten, Konkursverwaltern bis hin zu Zuhältern. Nachdem ein Großteil der Machenschaften in jahrelanger, mühsamer Kleinarbeit aufgedeckt wurde, findet jetzt endlich der Prozess gegen die Bande statt. Der Kasak steckte da mit drin. Er war nur einer dieser kleinen Fische, wusste aber über alles bestens Bescheid. Er war bereit, als Kronzeuge auszusagen, interessant nicht?"

Die Akte, die er auf den Tisch legte, war dick wie ein altes Evangeliar.

Aysel spürte plötzlich, wie Freude in ihr aufkam.

„Das würde ja bedeuten, dass Marek, ich meine Herr Bukov, vielleicht doch unschuldig ist."

„Jetzt mal langsam", erwiderte der Kommissar, „wir warten zunächst einmal das Ergebnis der Ingenieure ab." Er erhob sich von seinem Stuhl. „Ich denke, es ist Zeit. Sie sollten das Protokoll unterschreiben." Er ging in das Nachbarzimmer, in dem Aysel den Drucker vermutete und kam bald darauf mit dem zweiseitigen Dokument zurück. Da Aysel nichts zu beanstanden hatte, unterschrieb sie, erhob sich von ihrem Stuhl und schaute schnell noch einmal voller Neugier auf den Aktenordner, der viel versprechend vor ihr auf dem Schreibtisch lag, ihr aber zuflüsterte: „Keine Chance, du kriegst mich nicht."

Zu gerne hätte sie in ihm geblättert. Sie würde über das Internet schon einiges über den Lomský-Fall herausbekommen, aber niemals das, was in dieser Akte stand. Der Kommissar gab ihr zum Abschied die Hand und durchsuchte dann noch schnell ein Kästchen, das auf seinem Schreibtisch stand.

„Ah ja, hier ist sie", er hielt ihr seine Visitenkarte entgegen. „Sollte Ihnen doch noch etwas Wichtiges einfallen, dann melden Sie sich bei mir."

Aysel verließ das Kommissariat mit zwiespältigen Gefühlen. Marek würde sie sicherlich anrufen, sollten sie ihn doch noch freilassen. Aber an einen Unfall glaubte Aysel nicht mehr. Der Tote war in krumme Sachen verwickelt gewesen und nun zwang er seine Umwelt, sich weiterhin mit seiner Vergangenheit zu befassen. Aysel war klar, dass sie sich jetzt auch mit der Vergangenheit befassen musste, aber zunächst nicht mit der von einem Toten, sondern mit der Vergangenheit vieler Toter und dem, was sie glücklicherweise zurückgelassen hatten – der Prager Burg.

Immer, wenn sie wichtigen Besuch bekam, zeigte sie das Herzstück Prags. Da dies aber nur selten vorkam, bereitete sie sich jedes Mal wieder neu auf diese Besichtigungstour vor. Fortwährend kamen neue Informationen hinzu, so dass sie mittlerweile nicht nur das Gelände gut kannte, sondern auch Licht in die Mysterien der Innenräumlichkeiten bringen konnte. Sie erinnerte sich noch gut an den ersten Eindruck, den die Burganlage bei ihr hinterlassen hatte. Nichts als Enttäuschung. Das war für sie keine Burg, das war eine riesige Schlossanlage. Aber auch als Schlossanlage kam dieses komplexe Gebilde von wild zusammengestellten Gebäuden in unterschiedlichen Stilrichtungen nicht durch. Hier gab es keine Einheit, kein einheitliches Konzept. Erst später fiel ihr Urteil milde aus. Sie hatte verstanden, dass eine tausendjährige Burggeschichte - Belagerungen, Brände, Zerstörungen, Befestigungen, Aufbauten und Umbauten - das Aussehen der Burganlage bestimmt hatte.

Ihrer eigenen Geschichtlichkeit konnte sie ebenso wenig entrinnen. Wo immer sie hinging, immer musste sie von dem Zustand ausgehen, in den man sie oder sie sich selbst gebracht hatte. Ihr Leben neu auszurichten war immer nur im alten Kontext möglich. Das Alte konnte sie schon deswegen nicht verleugnen, weil sich das Neue nur im Vergleich zum Alten überhaupt benennen ließ. Selbst wenn sie in den entlegensten Teil der Erde ginge, würde immer ein ganzer Lastwagen, beladen mit Kultur, Vergangenheit, Traditionen und eingefahrenen Denkmustern nachfolgen. Das galt für alle Menschen und das Wissen darum trug dazu bei, dass Aysel Urteile behutsamer äußerte.

Der türkische Strumpffabrikant war nicht begeistert, schon so früh vor dem Hotel Mövenpick abgeholt zu werden. Seine Frau hatte jedoch darauf bestanden. Sie ahnte, dass nur ein früher Besuch des Burggeländes den freien Blick auf sämtliche Sehenswürdigkeiten gestatten würde. Aysel lachte über das Gemurre des Fabrikanten. „In Istanbul stehen sie sicherlich auch nicht später auf", sagte Aysel.

„Da geht es ja auch um Geschäfte", erwiderte er, „aber jetzt habe ich Urlaub, das ist Quälerei." Er blickte seine Frau vorwurfsvoll an.

Aysel parkte das Auto ohne größere Verzögerungen. Sie liefen auf den Haupteingang der Burg zu. Die morgendlichen Sonnenstrahlen umfluteten den Hradschin-Platz mit dem Toskana-Palais, den Kanoniker-Häusern, dem Erzbischöflichen Palais und - in der Ferne - die ganze Stadt. Für einen kurzen Augenblick überkam Aysel ein Gefühl von Unbelastetheit, so, als hätte sie eine Seite umgeblättert, auf der noch nichts stand, weder, was sie zu tun hatte, noch was sie bedrückte.

Eine Anwohnerin lief mit zwei kleinen Hunden über das Kopfsteinpflaster und in der Ferne umringte eine Touristengruppe eine Reiseleiterin. Der Anblick der Stadt

konnte den Fabrikanten von seiner schlechten Stimmung ablenken. Fotos wurden gemacht, dann gingen sie auf das westliche Eingangstor zu, das zum ersten Burghof führte.

„Überall heißt es, kämpfende Giganten bewachen dieses Tor. Aber wie sollen sie es bewachen, wenn sie gerade dabei sind sich zu erstechen und zu erschlagen? Das Bewachen übernehmen dann doch diese Wachposten, finden Sie nicht auch, dass die Uniformen sehr edel, fast schon englisch aussehen?", fragte Aysel.

„Ganz hübsch", erwiderte der Fabrikant, „vielleicht könnte man ihnen mal neue Strümpfe verpassen, so welche mit Prager Wappen, das würde sich doch gut machen."

„Jetzt denkst du schon wieder ans Geschäft, Liebling, die Strümpfe sieht man doch nicht."

„Man könnte die Hosen etwas kürzen", sagte der Fabrikant und lachte. „Diese Soldaten sehen aus, wie Wachsfiguren." Seine Frau versuchte das Gespräch wieder in normale Bahnen zu lenken

„Bis zur Wachablösung bewegt sich wirklich nichts an ihnen, nur ihre Augen mustern interessiert die Touristen, die ihre Fotos in sämtliche Länder tragen", sagte Aysel. Der Fabrikant stellte seine Frau sogleich neben das Wachhäuschen und machte zwei Fotos. „Nun wird es auch Fotos von ihnen in Istanbul geben", sagte seine Frau, während ihr Mann die Bilder auf dem Display des Fotoapparates begutachtete.

Aysel erzählte danach von der österreichischen Monarchin Maria Theresia, der Habsburger Zeit und den Palastbauten im ersten und zweiten Burghof, die aus dieser Zeit stammten und noch heute repräsentative Funktionen erfüllen. „Nur das Tor zum zweiten Burghof, das Matthiastor ist früher datiert. Es hat ehemals wie ein Triumphbogen allein gestanden", erklärte Aysel. Im zweiten Burghof mit der Heilig-Kreuz-Kapelle, den beiden Barockbrunnen und der Burg-Gemäldegalerie in den ehemaligen Pferdeställen hielten sie sich nicht lange auf. Aysel holte die Eintrittskarten für den Königspalast, die St.-Georgskapelle und das Goldene Gässchen. Dann schritten sie erneut durch einen Durchgang und standen sogleich vor der Stirnseite des

St.-Veits-Doms im dritten und größten Burghof. Ihre Besucher staunten, als Aysel erzählte, dass die Frontfassade der Kathedrale mit den hochstrebenden Doppeltürmen, der Rosette und den drei graziös und reich ausgestalteten Portalen erst am Anfang des 20 Jh. fertig gestellt worden war.

„Tatsächlich war nur die erste Hälfte der Kathedrale im Mittelalter entstanden, dann passierte fast 500 Jahre nichts. Erst Ende des 19. Jahrhunderts wurde der Bau fortgesetzt und 1929 vollendet. Die Handwerker mussten die längst vergessene Kunst des gotischen Kirchbaus wieder neu erlernen. Sogar die Dämonen, Ungeheuer und Teufel dort oben unter dem Dach, die nicht nur das Regenwasser ableiten, sondern den Dom vor Angriffen unreiner Kräfte schützen sollen, wurden nach französischem Vorbild erst vor ein paar Jahrzehnten nachgebildet."

Im Kircheninnern machte Aysel auf das Nebeneinander von moderner und mittelalterlicher Kunst aufmerksam. Das prächtige bunte Glasfenster von Alfons Mucha, dem bekannten Künstler des Jugendstils, hob sie besonders hervor.

Aysel führte ihren Besuch eine Treppe hinunter.

„Und hier liegen sie nun, die vielen berühmten Toten. Diese Kirche ist ein Nobelfriedhof für Heilige, Erzbischöfe, Adlige, Könige und der berühmtesten aller Familien, der von Kaiser Karl IV. Was Peter der Große für Petersburg war, das war Karl der IV. für Prag. Er hat das Stadtbild wesentlich geprägt. Hier, in diesem Sarg, liegt er. In dem anderen sind seine vier Frauen, dort seine Kinder und andere Persönlichkeiten beigesetzt. Aysel führte ihren Besuch über eine andere Treppe wieder in das Hauptschiff der Kathedrale zurück. Von den über 20 Seitenkapellen zeigte Aysel die größte und kostbarste, die St.-Wenzelskapelle.

„Hier befinden sich seit über 1100 Jahren, trotz Neu- und Umbaumaßnahmen die Reliquien des Hl. Wenzel. Er ist der Landespatron Böhmens. Er lag hier auch schon in der St. Veitsrotunde, die er selbst in Auftrag gegeben hatte. Das war eine kleine vorromanische Rotunde aus dem 10. Jahrhundert, der ersten von den drei Kirchen, die an diesem Platz gebaut wurden. Die Leute waren damals ganz verrückt nach Wallfahrten. Das waren im Prinzip mittelalterliche Urlaubsreisen bei denen man sich bei einem Heiligen beschwerte oder ihn um Hilfe bitten konnte. Außerdem brachte das Ganze der Kirche zusätzlichen Reichtum."

Die Frau des türkischen Fabrikanten war begeistert von der St.-Wenzelskapelle. Als Aysel erzählte, dass es sich bei den rot und grün schimmernden Ausschmückungen der Wände, um über 1000 Edelsteine, um rote Jaspissen und grünen Chrysoprasten handelte, die zum Teil groß wie Badezimmerkacheln in Gold eingefasst waren, bekam auch der Fabrikant leuchtende Augen.

Sie verließen dann den St.-Veitsdom durch das Hauptportal und liefen am Granit-Monolith und der St.-Georgstatue vorbei über den Platz des dritten Burghofs zum Königspalast. Aysel zeigte dabei die Außenfassade des St.-Veitsdoms, den Seitenturm mit der Uhr und der Barockkuppel sowie das vergoldete Fenstergitter.

Dann betraten sie den Königspalast, der von außen nicht besonders herrschaftlich aussah. Dies änderte sich aber, als sie den riesigen mittelalterlichen Wladislaw-Saal betraten.

„Dieser Saal ist der größte gewölbte nichtkirchliche Raum in Europa um das Jahr 1500. In ihm wurden Ritterturniere ausgetragen, Luxusmessen veranstaltet und in neuerer Zeit wird hier der tschechische Präsident gewählt. Mit seinem breitbohligen Holzfußboden sieht er zwar nicht gerade nach edlen Tanzfestveranstaltungen aus, aber gerade das Zusammenspiel von derbem, robustem Mittelalter und dem beginnenden leichtfüßigen, anmutigen Renaissancestil macht den Raum für mich immer wieder zu einer Augenweide." Sie zeigte auf eine Tür.

„Hier lang geht es zu den zwei Räumen der Böhmischen Kanzlei. Der hintere war für den Statthalter bestimmt, der das Land regierte, wenn der Kaiser mal wieder auf Reisen war." Als sie den Raum erreicht hatten, sagte Aysel: „Das ist der berühmte Raum, in den am 23. Mai 1618 eine Gruppe protestantischer Adliger eindrangen und das hier ist das berühmte Fenster, aus dem sie dann den Stadthalter und noch einen, der auf der Seite der österreich-freundlichen katholischen Seite stand sowie den Schreiber Fabricius aus dem Fenster warfen. Die drei landeten auf einem Misthaufen und konnten fliehen. Das Ereignis löste den Dreißigjährigen Krieg aus, so wie schon oft kleine Begebenheiten zu großen Katastrophen geführt haben."

Der Fabrikant und seine Frau sahen sogleich aus dem Fenster, um die Höhe des Sturzes besser abschätzen zu können. „Beträchtlich", sagte der Fabrikant, „wirklich beträchtlich."

„Naja", erwiderte Aysel, „stellen Sie sich die Kleidung dieser Zeit vor, die war sicherlich gut gepolstert. Übrigens, später wurden die Stadthalter durch die Habsburger reich belohnt und auch der Schreiber Fabricius ging nicht leer aus. Man erhob ihn in den Adelsstand und er durfte sich seitdem „Fabricius von Hohenfall" nennen." „Sehr logisch", sagte der Fabrikant und lachte dabei, „nur gut, dass man ihn nicht Fabricius vom Misthaufen genannt hat."

Sie gingen zurück zum Wladislaw-Saal. Aysel zeigte noch den Landtags-Sitzungssaal, der als Gerichtssaal diente. Dann verließen sie den Königspalast über die Reitertreppe. Der Fabrikant sah sehr zufrieden aus, als Aysel vorschlug ein Restaurant aufzusuchen. Sie liefen zur Nordseite des St. Veitsdoms in eine kleine Gasse zum mittelalterlich ausgerichteten Restaurant Vikárka.

„Das Restaurant ist wirklich gemütlich, es hat verschiedene Räume, in denen früher die Inquisition untergebracht war und später dann eine Brauerei. Jetzt bietet man hier böhmische und internationale Küche an", erklärte Aysel. Sie stiegen die Eingangstreppen hinauf, betraten das Restaurant und setzten sich an einen Tisch am Ende eines langen Ganges. Der Besuch saß auf einer gepolsterte Sitzbank und Aysel auf einem Holzstuhl ihnen gegenüber. Aysel konnte aus einem kleinen Fenster direkt in den Burggraben sehen. Untersetzer, Servietten und Bestecke lagen auf dem Tisch bereit und Weingläser forderten zum Trinken auf. Der Ober in seinem mittelalterlichen Wams zündete die Kerze an und gab jedem eine Speisekarte. Dann nahm er die Getränkebestellung entgegen. Für den Fabrikant ein großes Pilsener Urquell, die Frauen verlangten Mineralwasser. Als der Ober die Getränke brachte, hatten sich bereits alle für ein Gericht entschieden. Der Fabrikant bestellte altböhmischen Hirschbraten mit Sahnesoße und Wildkräutern, Preiselbeeren und Semmelknödeln, seine Frau entschied sich für Kalbssteak auf Sahnespinat mit Butternudeln und Aysel wollte Ente mit Knödeln und Rotkraut. „Nach dieser langen Besichtigungstour tut es wirklich gut, mal nicht zu laufen", sagte Aysel.

„Das stimmt schon, trotzdem, das war der Mühe wert", antwortete die Frau. „Mal was anderes als Strümpfe", sagte ihr Mann und grinste.

„Schade dass ich so wenig vom Mittelalter in diesem Teil Europas verstehe", sprach seine Frau.

„Ach wissen Sie", erwiderte Aysel, „den Leuten im Mittelalter waren um das Jahr 1000 nur ungefähr 8% der Landfläche unseres Planeten bekannt. Das steigerte sich auf 25 % im Jahre 1500. Sie hatten ein festes Weltbild, erfanden eine eigene Kosmologie, in der sie selbst gut bei wegkamen und überhaupt gab es nur eine einzige richtige Beschreibung der mittelalterlichen Gesellschaft, beschrieben durch theologisch und juristisch ausgebildete Kleriker. Und die beschrieben die Gesellschaft hierarchisch und segneten das durch Gott ab. In so einem geschlossenen Weltbild hatten die Leute auf jeden Fall eines, eine klare Orientierung. Das gibt es doch für uns kaum noch. Heute ist alles kompliziert. Recht, Wissenschaft, Politik, Religion oder Medizin sind schon in sich selbst so unüberschaubar geworden, dass es fast unmöglich erscheint, überhaupt zu beschreiben, was denn nun unsere Gesellschaft als Ganzes ausmacht oder einfach nur zu sagen, wie sie ist."

„Aber, aber", sagte der Fabrikant, „das ist doch nicht schwer. Die Wirtschaft hat die Priorität. Geld regiert die Welt."

„Das sagen Sie, weil sie Unternehmer sind", antwortete Aysel, „fragen Sie mal einen Juristen. Der würde sagen, es sind die Gesetze, oder einen Ingenieur, der sagt, es ist der Entwicklungsstand der Technik, der uns hauptsächlich beeinflusst. Wir haben uns einfach daran zu gewöhnen, dass es immer mehrere Möglichkeiten der Beschreibung für diese eine Gesellschaft gibt und keinen Anspruch auf Vollständigkeit erheben kann. Haben Sie schon mal von dem Soziologen Niklas Luhmann gehört?" Ohne die Antwort abzuwarten, sprach Aysel weiter. „Unsere Gesellschaft wird immer unterschiedliche Selbstbeschreibungen hervorbringen. Sie ist demokratisch, offen, arbeitslos, rational, aktiv. Es ist eine Kommunikativ-, Risiko-, Informationsgesellschaft oder Erlebnisgesellschaft. Aber egal was wir sagen. Sie ist immer mehr als das."

„Wozu brauche ich das?", fragte der Fabrikant. „Hauptsache ich habe ein Dach über dem Kopf und etwas zu essen." Aysel schaute ihn wohlwollend an.

„Jeder Mensch macht sich doch ein bestimmtes Bild. Und wir sollten endlich zugeben, dass das nun mal von unseren Blickrichtungen her geschieht, die wir in der Regel, je nach unseren Einstellungen, Berufen, Situationen und Kenntnissen einnehmen. Aber es sind und bleiben Konstruktionen. Das gilt auch für hoch wissenschaftliche Aussagen."

„Aber wenn alles Konstruktion ist, wonach können wir uns denn dann richten?", wandte die Frau des Fabrikanten ein.

„Eben nach den besten Konstruktionen", antwortete Aysel, „und meiner Meinung nach hat dieser Niklas Luhmann zur Zeit die beste Beschreibung für den modernen westlichen Gesellschaftstyp erbracht. Nur lässt er leider die soziale Komponente unter den Tisch fallen, er sagt uns nicht, wie wir es besser machen können. Aber das wollte er wohl auch gar nicht."

Bald darauf sprachen sie über Strümpfe und nichts als Strümpfe. Sie planten am Wochenbeginn eine Tour zu den Discountern zu machen, die bereit waren, ihre Strumpfständer zu platzieren. Dann brachen sie zum zweiten Teil ihrer Besichtigungstour auf. Sie schauten sich noch die St.-Georgskapelle und das Goldene Gässchen an. Aysel empfahl ihrem Besuch die Burg über die Schlossstiege zu verlassen. Sie selbst lief zum Auto zurück und holte ihre Gäste am Ende der Schlossstiege wieder ab. Die Tage vergingen. Aysel besuchte jetzt wieder regelmäßig den Englischunterricht. In Prag regnete es ab und zu. Parlamentswahlen standen an. Überall sprangen einem die Kandidaten für das Parlament entgegen und forderten die tschechischen Wähler auf, eine visuelle Vorauswahl zu treffen. In den politischen Talkshows wurde heiß diskutiert. Aysels Kinder bereiteten sich auf die letzten Klassenarbeiten des ausklingenden Schuljahres vor. Zu Beginn der Sommerferien würden sie mit ihren Großeltern in die Türkei ans Meer fliegen. Die Vorfreude war ihnen schon jetzt anzumerken. Aysel hatte für sich selbst nur eine Woche Erholungsurlaub eingeplant.

Als Aysel wieder mal in ihrer Wohnung vor den Entwürfen für die Wintermode saß, klingelte das Telefon.

„Ja", sagte sie.

„Guten Tag", konnte sie trotz lauter Nebengeräusche noch vernehmen, den Namen hörte sie nicht mehr. Der Anrufer hatte dann auch bald das Gespräch abgebrochen, rief aber gleich darauf noch einmal an. Diesmal war die Leitung frei von störenden Geräuschen.

„Mein Name ist Pavel Janíček, ich bin der Anwalt von Marek Bukov. Mein Mandant fordert mich schon seit einiger Zeit auf, Sie anzurufen. Es ist mir etwas unangenehm. Ich habe den Eindruck, Sie sind sein letzter Strohalm, wenn ich mich sozusagen als vorletzten bezeichnen darf. Auch wenn ich nicht viel zu sagen habe, möchte ich Ihnen das heute lieber persönlich mitteilen. Ich erwarte Sie daher in zwei Stunden im Café Savoy." Aysel überlegte einen Moment.

„Gut", sagte sie, „ich werde in zwei Stunden dort sein, aber wie erkenne ich Sie?"

„Nun, ich werde oben sitzen, Sie wissen schon, die Treppe hoch. Ich gebe ihnen ein Zeichen."

„Natürlich würde er eine Türkin sofort erkennen", dachte Aysel. Sie verschob die Fahrt zum Discounter. Stattdessen fuhr sie gegen Mittag auf die andere Moldauseite über die Brücke der Legionen und parkte ihr Auto auf dem Parkplatz vor dem Café Savoy. Sie kam manchmal hierher, meistens für einen Café zwischendurch. Die bunte Deckenbemalung, die an alte Zeiten erinnernden Kronleuchter, die hellen Ledersitze und die mitten im Leben stehenden Geschäftsleute, Rechtsanwälte, Mütter und all die anderen Leute, die sich hier gerne aufhielten, das alles machte dieses Café zu einem ganz besonderen Erlebnis.

Wie erwartet wurde sie sofort von dem Anwalt erkannt. Aber auch Aysel hatte sich den Mann nicht anders vorgestellt. Er war mittelgroß, hatte wenig Haar und sah technokratisch aus. Für sie waren Männer, die keine Emotionen zeigten und stur ihrer Arbeit nachgingen, Technokraten. Aysel begrüßte ihn, setzte sich und hörte sich an, was er ihr mitzuteilen hatte.

„Ich weiß nicht, ob Sie es schon erfahren haben", begann er, „aber im Fall Kasak handelt es sich nun erwiesenermaßen um Mord. Die Maschine wurde manipuliert, das steht nun fest." Erst in diesem Moment wurde Aysel bewusst, wie sehr sie diese Sache die letzte Zeit verdrängt hatte. „Herr Bukov wollte unbedingt, dass ich mit Ihnen spreche." Aysel ahnte, was das bedeutete. Sie fühlte sich, als würde ihr jemand ein Paket übergeben, das sie, seines belastenden Inhaltes wegen, nicht annehmen wollte.

„Ich kann nichts für Herrn Bukov tun", antwortete sie rasch.

„Nun, das dachte ich mir", erwiderte der Anwalt. Das wiederum kam ihr wie eine Ohrfeige vor.

„Hören Sie!", versuchte sie sich zu rechtfertigen, „ich habe im Internet über den Fall Lomský recherchiert, habe aber über eine allgemeine Beschreibung hinaus nichts finden können. Immer wieder dasselbe. Der Richter Lomský, irgendwann und irgendwie selbst in diese Machenschaften hineingeraten, erklärt ehemals staatseigene Firmen für insolvent, nachdem Freunde, oder von mir aus einfach nur Gauner, die alle zusammenhalten, diese Betriebe aufgekauft haben. Dann setzen sie einen Konkursverwalter ein, schlachten diese Firmen aus und stecken den Erlös in Immobilien und Bordelle. Und genau an dieser Art der Vermehrung des Geldes war der Kasak beteiligt. Er war später bereit als Zeuge auszusagen, um selbst noch gut aus der Sache raus zu kommen. Offiziell findet man jedenfalls nicht mehr, keine Adressen, keine weiteren Namen."

„Nun", erwiderte der Anwalt, „Herr Bukov redet von Ihnen, als wären Sie Sherlock Holmes in Frauengestalt. In seiner Lage fantasiert man sich natürlich gerne etwas zurecht. Es tut mir leid, dass wir hier unsere Zeit verschwenden. Aber mein Mandant hat nun mal darauf bestanden und am Telefon, Sie wissen ja, man weiß nie, wer mithört. Ich habe jetzt noch einen wichtigen Termin, den ich auch wahrnehmen werde. Daher muss ich mich nun von Ihnen verabschieden." Aysel kochte innerlich. Arrogante Männer waren ihr zuwider. Er hatte sie in ihrem Stolz verletzt. So saß sie etwas später allein an einem Tisch im Café Savoy und fühlte sich abgefertigt, woraufhin auch sie das Café verließ.

＊

Noch am selben Tag überwand sie ihre Hemmungen und rief Kommissar Kahankov an.

„Ja, ich erinnere mich an Sie", brummte er ins Telefon.

„Ich muss Sie sprechen."

„Dann kommen Sie in mein Büro."

„Das geht nicht", antwortete sie. „Wann haben Sie heute Dienstschluss?" Er schwieg einen Moment. „Immer diese Unterstellungen", dachte Aysel. „Bitte, es geht um Herrn Bukov, geben Sie mir zehn Minuten."

Wieder schwieg er, aber diesmal schien er zu überlegen. Aysel hörte, wie er Seiten umblätterte.

„Ich habe heute noch eine Besprechung, die länger dauern wird…. gut, es wird zwar spät, aber das dürfte gehen, ich schlage vor um 20.30 Uhr am Haupteingang des Nationaltheaters."

„Ich werde dort sein", erwiderte Aysel. Sie legte ihr Handy in ihre Handtasche zurück. Das war geschafft. „Jetzt muss der Kahankov nur noch anbeißen", sprach sie laut und entschlossen vor sich hin. Doch das war ungewiss. An diesem Nachmittag war nichts, wie es sonst war. Sie tat alles wie im Nebel, als hätte jemand per Knopfdruck ihr Wahrnehmungsvermögen auf Zeitlupengeschwindigkeit gestellt. Sie dachte ununterbrochen über die richtigen Formulierungen nach, die sie ihrem Ziel näher bringen sollten.

Abends stand sie pünktlich auf den Steintreppen des Nationaltheaters, sie musste jedoch noch warten, bis der Kommissar in der Ferne zu sehen war. Er wirkte wie ein zugänglicher Tourist, der den Abend genießt, indem er langsam den Bürgersteig entlang schlendert, sich dabei die Häuser anschaut und dann und wann einer hübschen Tschechin nachblickt. Aysel begrüßte ihn, als auch er den Haupteingang des Nationaltheaters erreicht hatte.

„Lassen Sie uns ein wenig an der Moldau entlanggehen",
sagte sie.

Die Sonne war gerade dabei Prag zu verlassen. Sie über-
querten eine Kreuzung und liefen auf dem Bürgersteig
oberhalb der Moldau in Richtung Tanzendes Haus. Ginger
Roger und Fred Astaire tanzten in der Ferne, eng aneinan-
dergeschmiegt und in moderner Bauart, auf Prager Grund
und Boden.

Das Tanzende Haus verkörpert Fred Astaire und Ginger Roger

Die Motoren der Autos und das Geräusch einer Straßenbahn zwangen Aysel ihre Stimmbänder zu strapazieren.

„Also doch Mord!", schrie sie dem Kommissar entgegen.

„Ja", sagte er in fast gleicher Tonlage, „und für unseren
Untersuchungshäftling sieht es nicht gut aus."

Die Straßenbahn entfernte sich gemächlich und Aysel konnte wieder leiser sprechen. „Keine Anhaltspunkte im Fall Lomský gefunden?"

„Die sind auch schwer zu bekommen. Es gibt keinen Informanten, der auch nur das kleinste Liedchen gesungen hätte."

„Ich verstehe", erwiderte Aysel, „und sicherlich bemüht man sich auch nicht übermäßig, ein singendes Vögelchen einzufangen, wenn man den vermeintlichen Täter schon hat." „Wollten Sie mich treffen, um mir Vorwürfe zu machen?" Der Kommissar war stehen geblieben und sah sie etwas verärgert an.

„Nein, entschuldigen Sie, deswegen wollte ich Sie nicht sprechen. Ich brauche die Akte." „Welche Akte?".

„Die Akte, in der das Wichtigste über den Lomský-Fall steht."

„Sie wissen genau, dass ich die Akte nicht rausgeben darf."

„Das würde keiner merken", behauptete Aysel. „Ich brauche sie nur eine Nacht, morgen, ganz früh erhalten Sie sie zurück. Ich werde mir keine einzige Seite kopieren. Nur durchsehen, alles. Manchmal führen die Gedanken von Frauen auf andere Wege, als die der Männer."

Der Kommissar tat überrascht: „Was Sie nicht sagen, kommen Sie mir nur nicht mit diesem blödsinnigen feministischen Gerede."

Aysel musste grinsen, sagte aber gleich darauf in ernstem Ton: „Und wenn Herr Bukov unschuldig ist und trotzdem verurteilt wird? Haben Sie denn keine Bedenken?"

„Es gibt so etwas wie ein Berufsrisiko und das ist nun mal in einigen Berufen höher. Dieser Mann wurde nicht nur von seiner Frau betrogen, sie hat ihn auch noch verlassen. Was glauben sie, wozu Männer da fähig sind? In keiner Situation sind Frauen gefährdeter umgebracht zu werden. Wenn sie mich fragen, hat die Frau Glück gehabt. Aber es hat den Kasak erwischt. Manchmal bringen Männer gleich beide um, ihre Frau und deren Geliebten."

Aysel hatte mit einer solchen Antwort nicht gerechnet.

„In meinen Augen sind Sie ein eingefahrener Gesetzeshüter, der sich an Vorurteile hält", sagte sie wütend.

„Gut, behaupten Sie nur, ich halte mich an Vorurteile. Aber im Grunde halte ich mich an meinen Menschenverstand und damit liege ich meistens richtig. Trotzdem bin ich mir nicht sicher und richtige Beweise haben wir nicht. Wir haben weder Fingerabdrücke noch Haarwurzeln gefunden. Mittlerweile bestimmt ja die DNA-Analyse den Knastaufenthalt von Menschen und die meisten Fälle werden einfach mal so gelöst. Wenn ich es richtig bedenke, könnte das meinen Berufsstand irgendwann sogar überflüssig machen." Als hätte er gerade eine Erleuchtung gehabt, schaute er mit entrücktem Blick auf die Moldau hinaus.

„Ach, was Sie nicht sagen. Sie tun mir jetzt schon leid, aber Herrn Bukov helfen Sie mit ihren abstrusen Gedankengängen herzlich wenig." Der Kommissar sah Aysel an, als hätte sie ihn gerade unsanft geweckt.

„Und Sie glauben, dass Ihnen die Akte weiterhelfen wird, dass Sie Bukov helfen können, wenn Sie den Lomský-Fall besser durchschauen? Was macht Sie denn auf einmal so sicher, dass er es nicht war? Vor einiger Zeit wollten Sie ihn sogar noch selbst anzeigen."

Aysel überlegte einen Moment. „In dem Augenblick, in dem Sie zum ersten Mal von dieser Lomský-Bande gesprochen haben, war ich mir sicher, dass es Marek nicht gewesen sein kann."

„Das ist doch nun wirklich etwas zu weit hergeholt. In Wahrheit hoffen Sie nur, dass er es nicht war. Und ich habe nichts als etwas Hoffnung in Ihnen geweckt."

„Nennen Sie es, wie Sie es wollen. Ich werde mich jedenfalls nicht mehr zurückziehen. Bekomme ich nun die Akte?"

„Sie sind ganz schön hartnäckig." Der Kommissar blickte auf sie herab, als hätte ihn sein krankes Kind um ein Eis gebeten.

„Sie waren selbst einmal Polizistin, stimmt's?"

„Ja", antwortete Aysel.

„Haben Sie da in der Türkei auch illegal Akten herausgegeben?"

„Ich bin nie in diese Situation gekommen. Es waren immer Rechtsanwälte, die die Akten einsehen wollten und das meistens dann auch durften. Aber glauben sie mir, ich habe andere Sachen getan, die nicht immer gesetzmäßig waren. Manchmal, wenn ich nachts allein auf Wache war, wenn mein Kollege sich in eine Zelle gelegt hatte und schlief, habe ich jemanden laufen lassen. Leute, die Hunger hatten und geklaut haben. Herr Kahankov, lassen Sie mich verdammt noch mal nicht ohne diese Akte nach Hause fahren." Aysel schaute dem Kommissar entschlossen ins Gesicht. Er atmete tief ein und hörbar wieder aus.

„Gut, ich gebe Ihnen die Akte für eine Nacht, Sie werden sehen, dass Sie damit ebenso wenig weiterkommen wie wir."

Für Außenstehende hatte sich da gerade ein Pärchen gestritten, das dann doch noch in letzter Minute einen Kompromiss eingegangen war. Denn gleich darauf kehrten Aysel und der Kommissar um und liefen wieder in Richtung Prager Burg zurück. Aysel sah sehr zufrieden aus, besonders als sie eine halbe Stunde später die Akte entgegennehmen konnte. Aysel fühlte sich erleichtert. Sie hatte geschafft, wovon sie kaum zu träumen gewagt hatte.

In ihrer Wohnung nahm sie ihr Handy und rief ihre Eltern an. Arian war enttäuscht, als er erfuhr, dass seine Mutter die Nacht nicht im Dorf verbringen würde. Aysel wiederum ärgerte sich, dass er noch nicht im Bett lag und schlief. Sie sprach danach noch mit ihrer Mutter und beendete dann das Telefongespräch.

Gleich danach setzte sie sich an ihren Schreibtisch, schob die Modeentwürfe beiseite und machte Platz für den Aktenordner, den sie wie ein seltenes, antiquarisches Buch behandelte.

Sie blätterte aufgeregt, aber vorsichtig die gelochten Aktenblätter um. Die Akte war personenbezogen angelegt. Angefangen beim Richter Lomský, dem Konkursverwalter Řádek, bis hin zum Geschäftsmann Kasak, den man der Zuhälterei beschuldigte. Dazwischen befanden sich polizeiliche Ermittlungsergebnisse über einige Rechtsanwälte und Polizisten, die ebenfalls in den Fall verwickelt waren. Aysel las Berichte, Stellungnahmen, Abhörprotokolle von Telefonüberwachungen, sie las richterliche und staatsanwaltliche Beschlüsse, sie las Observationsprotokolle und fand zudem Angaben über Verfahrensbeteiligte, wie Zeugen und andere Auskunftspersonen. Hastig schrieb sie sich Adressen auf, vor allem von Leuten, die den Kasak gekannt hatten oder unmittelbar mit ihm in Verbindung standen. Sehr genau las sie die Aussagen durch, die Michal Kasak gemacht hatte, um seinen eigenen Kopf zu retten. Wie das Ganze angefangen hatte, wie sich die Bande in Universitätsräumlichkeiten getroffen hatte, wie alle schon vor diesem Treffen aufeinander eingeschworen worden waren. Wie der Kreis der Beteiligten sich langsam erweitert hatte. Wer der Drahtzieher war und wie liebenswürdig miteinander umgegangen wurde. Wann die ersten verschuldeten Firmen aufgekauft worden waren und bald danach mit der Konkursanmeldung der Tod der Betriebe eingeleitet wurde, und der Richter Lomský den Totenschein ausstellte und damit den Konkurs bestätigte. Danach übernahm ein Konkursverwalter, der ebenfalls zu der Bande gehörte, das Zepter und so begann das fröhliche Plündern. Als dann langsam mit dem Verkauf des Inventars, der Maschinen und der Grundstücke das

Geld in Strömen floss, war es Kasaks Aufgabe gewesen, den Großteil der Einnahmen in Bordelle zu stecken, schöne Frauen zu importieren und das Ganze gewinnbringend zu organisieren.

Gegen vier Uhr morgens schlief Aysel an ihrem Schreibtisch ein. Erst eine laute Autohupe vermochte es, sie wieder zu wecken.

Schlaftrunken schwankte sie in ihr Badezimmer, um sich zu erfrischen. Dann nahm sie ihre Autoschlüssel, ihre Handtasche und den Aktenordner und begab sich zu ihrem Auto. Langsam schlängelte sie sich durch den frühen Berufsverkehr. Aysel kämpft gegen die Müdigkeit an. An der Štefánikova sprang die Ampel plötzlich von gelb auf rot. Im letzten Moment konnte sie noch bremsen, aber das hintere Auto hing ihr bereits an der Stoßstange. Nur eine Lappalie, aber der Fahrer war aufgebracht und beschimpfte sie. Sie tauschten ihre Visitenkarten und Versicherungsnummern aus. Für einen Polizeieinsatz war der Schaden zu gering. Beide fuhren weiter, noch bevor die Fahrer der hinteren Wagen sich übermäßig aufzuregen begannen. Als Aysel in der Nähe der Bartolomějská ankam, rief sie den Kommissar an.

„Schön, dass Sie so früh sind, die Kollegen sind noch nicht alle da. Sie finden mich in meinem Büro." Aysel parkte den Wagen und suchte dann im Kofferraum nach einer größeren Plastiktüte. Sie steckte den Ordner hinein und lief zum Kommissar-Hauptgebäude. Sie sah, wie vier Polizisten aus dem Polizeirevier stürzten, sich in einen kleinen Skoda Fabia zwängten und mit lauter Sirene und Blaulicht davonfuhren. Aysel stand bald darauf vor dem Pförtner, diesmal ein beleibter Mann mit wenig Haar, der sie auch gleich durchließ.

Kommissar Kahankov empfing sie an seiner Bürotür. „Na, Sie sehen ja nicht gerade ausgeruht aus", war das Erste, was er von sich gab.

„Ich hatte einen Unfall, nichts Gravierendes, ein Kratzer und sonst nichts."

Der Kommissar musterte sie von oben bis unten.

„Am Auto", fügte Aysel hinzu.

„Aha, und hat Ihr weiblicher Instinkt heute Nacht schon eine Spur entdeckt?"

Aysel überhörte diesen Satz absichtlich, gab dem Kommissar den Aktenordner zurück, bedankte sich noch einmal, ohne auszusprechen wofür, und verließ das Gebäude.

Der Tag war verloren, nicht mehr zu retten. Statt nach Hause zu fahren und sich erneut schlafen zu legen, lief sie zum Café Imperial, aß ein Croissant, trank einen Kaffee und überflog die Überschriften einer Tageszeitung. Dann brach sie auf, um in ihren Geschäften nach dem Rechten zu sehen. Erst einen Tag später fühlte sie sich wieder ausgeruht, so dass sie sich die Ergebnisse ihrer nächtlichen Recherche vor Augen führen konnte. Ein paar Adressen, der Hergang des Geschehens, mehr hatte sie nicht notiert. Aber Aysel konnte nun gezielt mit Beteiligten Kontakt aufnehmen und das würde sie die nächste Zeit angehen.

Am Wochenende fuhr sie spätabends mit ihrer Familie zur Krizik-Fontäne auf das Prager Messegelände. An die 3000 Wasserdrüsen und 1300 verschiedene Farbscheinwerfer sorgten für ein gigantisches Spektakel. Ein Sommernachtszauber aus Licht, Musik und Wasser spielte sich vor ihren Augen ab. Unzählbare Wassertropfen sprangen in den schönsten Farben in den Himmel, um dann wieder in der Erde zu versinken. Die Tropfen hüpften und sprangen, hopsten und tanzten, schwangen sich in die Höhe und klatschten auf den Boden zurück. Grün, blau, rot und lila schimmerte es in reichen Variationen vor ihren Augen. Das Wasser gehorchte ausschließlich der Musik von Antonín Dvořák Sinfonie Nr. 9 „Aus der Neuen Welt". Die Sitzplätze, die für 6000 Zuschauer bereitstanden, waren an diesem Abend nur zur Hälfte besetzt. Als Aysels Tochter nach der Vorstellung das Programm der folgenden Tage las, versuchte sie ihre Mutter zu überreden, auch an einem anderen Abend die Lichtfontäne zu besuchen, weil die Musik zum Film Titanic das Wasser tanzen ließ. Aysel sagte, dass George Bizets Carmen auch sehenswert ist und die drei Tenöre – Pavarotti, Carreras und Domingo - könnte man eigentlich auch nicht auslassen. Arian wollte doch eher die wasser- und lichtspezifische Übersetzung der berühmtesten Lieder aus James Bond 007 erleben. So gab es dort für jeden etwas, ob modern oder klassisch, aber Aysel wusste, dass sie dieses Jahr nicht noch einmal hierher fahren würden. Nie hatten sie die Fontäne mehr als einmal im Jahr besucht und das würde auch dieses Jahr nicht anders sein.

Die Sommerferien waren zum Greifen nah. Auch der Englischkurs neigte sich seinem Ende entgegen.

Aysel hatte sich vorgenommen mit einer Marie Medvedovsky, einer Prostituierten, Kontakt aufzunehmen. Sie hoffte auf einen Hinweis, ein Wort, einen irritierten Blick, irgendein Zeichen, das sie darin bestätigte, dass der Mörder von Michal Kasak im Prager Rotlichtmilieu zu finden war. In der Akte hatte gestanden, dass Marie Medvedovsky zu einer von Kasaks Edelnutten gehört hatte und dass er sie eine Zeitlang sogar bei sich wohnen ließ. In dem Protokoll berichtete Marie Medvedovsky von wilden Partys mit einigen Männern der Lomský-Bande. Sie wohnte in Prag 3, in Žižkov, nicht weit vom Hauptbahnhof. Aysel fuhr am späten Nachmittag zu ihr. Das Haus war trist, grau, fünfstöckig, der Eingangsbereich sah vernachlässigt aus. Die ebenfalls graue Haustür, seit Jahren nicht gestrichen, stand auf. Aysel gelangte über eine Wendeltreppe in den dritten Stock und klingelte an einer der Wohnungstüren. Ein Mann in weißem Unterhemd und langer grauer Hose öffnete die Tür und schaute Aysel misstrauisch an. „Was ist?"

„Ich möchte mit Frau Medvedovsky sprechen."

„Weswegen?"

„Das würde ich ihr gerne selbst sagen." Sie hatte den Satz gerade ausgesprochen, da sah sie im hinteren Flur aus einem der Zimmer eine Frau treten, die etwas auf Russisch von sich gab. Aysel hörte, wie der Mann etwas auf Russisch erwiderte, konnte es aber nicht übersetzen. Aysel hatte an der richtigen Wohnungstür geklingelt, den Namen Marie hatte sie vernommen, sie sah aber keine Möglichkeit, an die Frau heranzukommen, da diese wieder schnell in einem der Zimmer verschwunden war. Der kurze Blick hatte jedoch genügt, sich ihr Gesicht zu merken. Ohne zu protestieren lief Aysel die Treppen wieder hinunter, setzte sich in ihr Auto und wartete. Sie wartete mehr als zwei Stunden. Erst in der Abenddämmerung verließen nach und nach übertrieben herausstaffierte Frauen das Haus. Auch Marie betrat etwas später in hochhackigen Schuhen den Bürgersteig. Sie hatte lange schwarze Haare, und war vom Alter her schwer einschätzbar. „Noch keine dreißig", dachte Aysel nur. Marie Medvedovsky trug einen roten Minirock mit weit ausgeschnittenem schwarzem Glitzer-T-Shirt. Aysel stieg aus ihrem Wagen und folgte ihr in eine der Seitenstraßen. Dort holte sie die Frau ein.

„Frau Medvedovsky, bitte hören Sie, ich muss mit Ihnen sprechen." Die Frau drehte sich um und schaute Aysel fragend an.

„Was wollen Sie?" Der typisch russische Akzent verstärkte ihre erotische Ausstrahlung. Aysel hielt ihr 100 € entgegen.

„Nur eine kurze Unterhaltung." Die Frau riss ihr das Geld aus der Hand und steckte es sofort weg. Dann schaute sie sich verängstigt um, nahm Aysel am Arm und zerrte sie in eine offene Toreinfahrt.

„Es geht um Michal Kasak. Sie wissen, dass er ermordet wurde, nicht wahr?" Aysel sah die Frau erwartungsvoll an.

„Ich weiß."

„Haben Sie eine Ahnung, wer das gewesen sein könnte?"

„Nein, keine Ahnung. Gut, dass die Schwein tot ist. Muss jetzt Drecksarbeit machen. Früher konnte ich mir Mann selbst aussuchen. Pragbesichtigung, Abendessen und wenn Mann mir gefallen, mehr. Jetzt alles anders. Kasak hat Schuld. Hat mich fallen lassen, die Schwein."

„Glauben Sie, dass es ein Auftrag dieser Lomský-Leute gewesen ist. Ich meine, glauben Sie, dass er von ihnen ermordet wurde?" Aysel ließ nicht locker. Aber die Frau hatte nichts zu berichten, das sah Aysel immer klarer.

„Keine Ahnung, das mich auch nicht interessiert. Hauptsache die Schwein ist tot." „Gehen Sie jetzt", sagte Aysel, „ich werde hier noch etwas warten und dann auch gehen." Die Frau drehte sich um und stakste davon. Nach einer Weile lief Aysel zu ihrem Auto zurück. Sie hatte nichts erreicht, aber auch gar nichts.

Für sie, als Geschäftsfrau, schlich sich ein ihr bekanntes Gefühl ein. Nichts zu erreichen, trotz aufwendiger Anstrengungen, das war schon oft vorgekommen. Trotzdem konnte sie sich nicht daran gewöhnen, es einfach nicht gelassen hinnehmen, wenn ihr ein Geschäft durch die Lappen ging.

＊

Am nächsten Tag saß sie wieder einmal im Englischkurs. Alles kreiste um das Thema Tiere. Es wurden aber nicht einfach nur die Tiere benannt, diese Wissensstufe hatten sie längst überschritten. Vielmehr ging es um spezielle Fachausdrücke, wie Pfötchen oder Katzenzunge. Aysel fand es ziemlich überflüssig, diese Begriffe zu kennen. Sie konnte sich nicht einmal erinnern, wann sie diese Ausdrücke je in ihrer eigenen Sprache gebraucht hatte. Daher war sie froh, als durch das offene Fenster der Klang von Kirchenglocken drang. Das bedeutete noch fünf Minuten Unterricht. Als dann endlich alle ihre Sachen eingepackt hatten und die meisten Kursteilnehmerinnen schon gegangen waren, machte Tom ihr mit seinen beiden Zeige- und Mittelfingern Zeichen. Er bewegte sie, als würden vier Hosenbeine nebeneinander her laufen. Aysel lächelte und nickte kurz. Auf dem Weg zu ihrem Auto erzählte er ihr, was er diesen Sommer noch vorhatte, wo er hinfahren würde und dass er später im August auch vier Wochen in die USA reist, um seine Mutter zu besuchen. Seine Frau erwähnte er mit keinem Wort. Aysel hatte ihr Auto in einer fußgängerarmen Seitenstraße geparkt. Tom fragte sie nicht, ob sie mehr Zeit für ihn hatte. Er begleitete sie einfach nur. Aysel fühlte sich wohl in seiner Nähe. Er war ihr in irgendeiner Weise vertraut und an diesem Tag störte sie das nicht. Die rote Schrift auf der Heckscheibe ihres Autos bemerkten sie erst, als sie direkt vor dem Auto standen. Beide waren zu sehr ins Gespräch vertieft, um dieses eigenartige Gekritzel schon im Vorfeld wahrzunehmen. Als Aysel die ungewöhnliche Nachricht las, schrie sie fast hysterisch, sie müsse sofort weg. Tom verstand nichts. Mit dem Satz „LASS DIE FINGER VON MARIE" konnte er nichts anfangen. Sekunden später vermutete er, dass Aysel vielleicht Frauen besonders mag und der Ehemann einer gewissen Marie darüber nicht sehr erfreut war. Das hätte zudem Aysels zeitweise abweisende Haltung ihm gegenüber erklärt.

Aysel reagierte noch gereizter, als sie sah, dass zwei ihrer Reifen nicht mehr funktionsfähig und schlaff im Rinnstein hingen.

„Ich muss sofort weg", wiederholte sie.

„Kein Problem, wir können mein Auto nehmen."

„Wo steht dein Auto?"

„Nicht weit von hier."

„Geh, geh bitte schnell, zeig mir wo es steht!" Aysel fuchtelte mit den Händen, als hätte sie ein ganzes Orchester zu dirigieren. Direkt vor Toms Auto fragte sie, ob er ihr die Schlüssel geben könnte, sie würde ihm das Auto so schnell wie möglich zurückbringen. „Kommt nicht in Frage, du bist viel zu aufgeregt. Ich denke, ich sollte uns lieber fahren." „Uns? Wer hat was von uns gesagt? Ich fahre alleine."

Ohne weiteren Kommentar führte Tom Aysel um sein Auto herum und setzte sie auf den Beifahrersitz. „Sag mir wohin die Reise geht und schon bist du am Ziel."

Wenig später fuhr er in Richtung Hauptbahnhof und noch etwas später suchte er einen Parkplatz vor dem grauen tristen Haus, in dem Marie Medvedovsky wohnte. Aysel bat ihn, im Auto zu bleiben. Sie hatte ihm jedoch während der Fahrt erzählt, dass diesem Marie vielleicht irgendetwas zugestoßen sein konnte. Das war für Tom Grund genug, Aysel nicht allein gehen zu lassen. Die Haustür war diesmal geschlossen, aber nicht wirklich verschlossen. Die Tür hatte gar kein Schloss mehr. Aysel hastete in den dritten Stock. Tom blieb ihr auf den Fersen. Sie klingelte Sturm. „Frau Medvedovsky, Frau Medvedovsky!", rief Aysel und haute dabei mit der Faust gegen die Tür. Nach einer Weile wurde die Tür von innen aufgeschlossen und einen Spalt weit, dessen Breite eine dicke Türkette bestimmte, geöffnet.

„Wer sind Sie?", fragte eine hübsche junge Frau in tadellosem Tschechisch.

„Ich…. ich, ach, das würde zu lange dauern. Ist irgendetwas mit Frau Medvedovsky passiert? Ich meine, haben Sie sie heute schon gesehen, geht es ihr gut?"

„Es ist nichts mit ihr, alles in Ordnung", sagte die Frau. „Gehen Sie jetzt, sonst bekomme ich Ärger."

Aysel war der irritierte Blick der Frau nicht entgangen. „Ich gehe erst, wenn ich Frau Medvedovsky gesehen habe und wenn Sie mich nicht auf der Stelle reinlassen, dann rufe ich die Polizei, die wird sie schon finden."

„Sie bringen uns noch alle in Gefahr", flüsterte die Tschechin ihr energisch entgegen, „Sie haben schon genug angerichtet, Sie sind doch die Frau, die gestern Abend hier aufgetaucht ist, stimmt's? Marie hat mir von gestern erzählt. Wir dachten schon, Sie sind selbst von der Polizei. Gehen Sie jetzt, es ist nichts mit ihr, sie hat Glück gehabt."

„Bitte öffnen Sie, sie ist doch da drin, nicht wahr? Ich will mich selbst davon überzeugen, dass ihr nichts passiert ist." Aysel ließ nicht locker.

Da öffnete die Tschechin die Tür: „Aber machen Sie schnell, er kann jeden Moment zurück sein." In dem Zimmer, in das Aysel und Tom hineingeführt wurden, lagen Matratzen auf dem Boden. Decken und Kopfkissen hingen seitlich von den Matratzen herunter. Auf einer lag jemand. Aysel musste genau hinsehen, bevor sie Marie Medvedovsky erkannte. An ihrem rechten Auge hatte sie eine Platzwunde, die blutete aber nicht mehr. Auch an den Armen sah Aysel Blutergüsse.

„Frau Medvedovsky, das tut mir leid. Ich wollte Sie nicht in Gefahr bringen", stammelte Aysel und kniete sich zu ihr hinab.

„Verschwinden Sie!", sagte Marie. „Hier herrschen andere Gesetze." Das Wort „herrschen" hatte sie wieder mit diesem harten russischen Akzent ausgesprochen. „Ich noch mal Glück gehabt, nur Prellungen. Die Ware darf Mann nicht viel beschädigen, dann nicht gut für die Geschäft von die Mann."

„In Prag gibt es ein Frauenhaus, kommen Sie, ich fahre Sie dorthin, und dann sehen wir weiter."

Marie lachte, als hätte sie gerade einen guten Witz erzählt bekommen. „Sie nicht von Polizei, Sie naiv."

„Ich kann Sie nicht einfach hier liegen lassen", antwortete Aysel.

Tom, der die ganze Zeit zugesehen hatte, trat auf Aysel zu. „Aysel, komm, wir bringen die beiden hier wirklich in Gefahr. Es ist besser wir verschwinden."

„Ja, das ist das Beste", sagte die Tschechin, „ich kümmere mich schon um Marie. So was kommt hier schon mal vor."

„Moment noch." Aysel wollte noch nicht aufgeben: „Warum hat man Sie zusammengeschlagen? Sagen Sie, hat dieser ganze Sumpf hier doch etwas mit dem Mord an Michal Kasak zu tun?"

„Ach, so eine Blödsinn", sagte Marie, „Bosse sind traurig, dass die Schwein tot ist. War guter Freund, hat frische Ware aus Ukraine, Rumänien und Bulgarien gebracht."

„Komm jetzt", Tom zog Aysel aus der Tür. Die Tschechin folgte ihnen und schloss die Tür hinter ihnen ab. Als Aysel und Tom im Hausflur angelangt waren, hörten sie Schritte aus den unteren Stockwerken. Die beiden liefen leise und schnell die Treppen hoch. Tom hatte sie dabei an der Hand gefasst. Als sie eine Etage höher angelangt waren, hob Tom kurz seinen Zeigefinger an die Lippen.

In Sekundenschnelle erstarrten sie in ihren letzten Bewegungen, als wären sie in beschauliche Wachsfiguren verwandelt. Tatsächlich schloss da jemand eine Tür auf. Ein lauter Knall folgte und dann nur noch Stille. Sie liefen schnell und leise die Treppen wieder hinunter.

Erst im Auto wagte Tom zu sprechen. „Mit dir erlebt man ja richtige Abenteuer. Bis jetzt dachte ich, das Ausgehen mit meinen Freunden wäre schon die Krönung meines

Alltagslebens." Als Tom merkte, dass Aysel kein Wort von sich gab, redete er weiter: „Stell dir vor, im letzten Winter hat uns jemand angezeigt, weil wir angeblich Autos in Prag klauen. Dabei war es nachts so glatt auf einer abschüssigen Straße, dass wir uns an den Türgriffen der Autos festhalten mussten. Gut, wir waren nicht ganz nüchtern, wussten aber noch genau, was wir taten. Dann ging bei einem Auto die Alarmanlage los und eine Frau, die uns vom Fenster aus beobachtet hat, hat gleich die Polizei gerufen. Sie war fest davon überzeugt, dass wir uns einen Audi A6 unter den Nagel reißen wollten. Die ganze Nacht mussten wir auf der Polizeiwache verbringen." Aysel verzog keine Miene. Sie hatte ihren Kopf an die Kopfstütze des Autositzes gepresst, ihr Blick zielte auf einen Punkt oberhalb der Sonnenblende.

„OK", fuhr Tom fort, „normalerweise bin ich gut im Ablenken."

„Es ist schon angenehm genug, dass du keine Fragen stellst", erwiderte Aysel.

„Die würde ich aber durchaus gerne stellen."

„Ein anderes Mal", sie schaute ihn so flehentlich an, dass er keine Wahl hatte. Er fuhr sie nach Hause.

„Etwas möchte ich aber doch noch", sagte Tom, als Aysel gerade im Begriff war auszusteigen, „du speicherst jetzt meine Handynummer. Ich will, dass du mich jederzeit erreichen kannst."

„Ich komme alleine klar, das habe ich dir schon einmal gesagt."

„OK, du brauchst ja nicht anrufen. Es würde mich nur einfach beruhigen." Aysel tat, worum er sie gebeten hatte. Im Gegenzug gab sie ihm ihre Visitenkarte.

„Was ist das für eine Adresse?", fragte Tom, „ich dachte, du wohnst draußen in Rudná." „Ja und nein", antwortete Aysel, „meine Eltern und Kinder wohnen dort und oft bin ich auch da, aber ich habe noch eine Wohnung in der Nähe von Anděl."

Sie verabschiedeten sich und Aysel organisierte noch am gleichen Tag die Reparatur ihres Wagens.

Seit der Sache mit Marie Medvedovsky scheute Aysel davor zurück, noch andere Prostituierte, die in der Akte vermerkt waren, aufzusuchen.

Sie plante vielmehr mit dem Sohn von Michal Kasak Kontakt aufzunehmen. Aus dem Aktenordner hatte sie seine Prager Adresse notiert. Der Vernehmung zufolge wusste er sehr wenig über die kriminelle Vergangenheit seines Vaters.

Außerdem hatte sie sich vorgenommen, die Wohnung von Michal Kasak selbst in Augenschein zu nehmen. Auf welche Weise ihr das gelingen könnte, war ihr selbst noch ein Rätsel.

An einem frühen Morgen parkte Aysel vor einem Haus, in dessen Dachgeschoss-wohnung der Sohn von Michal Kasak wohnte. Aysel klingelte. Statt einer Männerstimme meldete sich eine Frau durch den Lautsprecher.

Nein, Karel sei zur Zeit in Deutschland, er käme aber am Samstag nach Prag zurück. Aysel musste noch warten.

Sie hatte aus der Akte erfahren, dass Karels Vater in keiner seiner zahlreichen Prager Eigentumswohnungen selbst gelebt hatte. Als eigentlicher Wohnsitz war in der Akte eine Wohnung in der Janáčkovo nábřeží Straße angegeben, extra vermerkt als Mietwohnung. Es handelte sich um eine Luxusaltbauwohnung, gut geeignet für große Partys. Er hatte diese Wohnung unter falschem Namen gemietet. Offensichtlich war es ihm wichtig gewesen, nicht allzu viele Spuren zu hinterlassen, falls mal etwas schief ging. Schließlich konnte man eine Mietwohnung unauffälliger und schneller wechseln. Sie fuhr direkt zu der Wohnung. In der Tat stand hier auf keiner Klingel ein Name. Aysel klingelte dennoch und hörte bald darauf eine Frau sagen: „Ja, hallo, wer ist denn da?"

„Ich störe sehr ungern, aber ich würde gerne wissen, wer der Besitzer dieses Hauses ist oder wer das Haus verwaltet? Ich bin sehr interessiert hier eine Wohnung zu mieten. Ich möchte mich gerne vormerken lassen, falls hier im Moment nichts frei ist." Die Frau zögerte. „Bitte, ich möchte gar nicht, dass Sie mir öffnen. Ich habe einen Kugelschreiber und Papier dabei, es würde schon genügen, wenn sie mir die Telefonnummer und eventuell noch die Adresse durchgeben. Sie würden mir einen Traum erfüllen, wenn Sie mir da weiterhelfen würden. Ich meine, wenn ich eines Tages hier wohnen könnte, dann ist es das, was ich mir schon seit langem wünsche und was ich nun endlich in Angriff nehme."

„Geben Sie mir ihre Handynummer", sagte die Frau, „ich muss erst die Telefonnummer der Verwaltungsgesellschaft suchen. Ich schreibe Ihnen dann eine SMS."

„Das wäre wirklich ausgesprochen nett", antwortete Aysel, „vielen Dank." Sie gab der Frau ihre eigene Handynummer und ging.

Als Aysel ein paar Tage später erneut bei Karel Kasak klingelte, meldete sich wieder eine Frauenstimme: „Ja, wer ist denn da?"

„Mein Name ist Norati, letzte Woche war ich schon einmal hier, ich habe mit Ihnen gesprochen. Sie sagten mir, Herr Kasak sei ab heute wieder in Prag."

„Mit mir haben Sie da nicht gesprochen", raunte es unfreundlich durch den Lautsprecher, „das muss seine Freundin gewesen sein. Ich putze hier samstags. Mit dem können Sie nicht sprechen, er ist schon vor einer halben Stunde zum Tennisturnier gefahren."

„Wissen Sie, wo das Turnier stattfindet?"

„Na sicher, das ist doch da, wo auch sein Verein ist, das ist unterhalb des Golfplatzes Motol. Eine Seitenstraße von der Plzeňská, da im Wald."

„Ich weiß schon", sagte Aysel, „haben Sie vielen Dank."

Aysel kannte den Tennisplatz. Eine der vielen Oasen, die Prag zu bieten hat. Die Tennisplätze waren terrassenförmig angelegt, mitten im Wald. Aysel fuhr hin. Der Parkplatz bot keine Parkmöglichkeit mehr, auch am Bürgersteig entlang standen Autos. So parkte sie etwas weiter entfernt. Sie musste dann noch eine Weile laufen, bis sie das weiß gestrichene Eingangstor erreichte. Sie lief an einem kleinen Wohnhaus vorbei, an das sich das Vereinshaus anschloss. Ein schwarzer, großer, alter Hund bellte heiser aus einem Verschlag heraus. Zuschauer standen an einem grün gestrichenen Geländer und schauten von oben auf den ersten und schönsten Tennisplatz herab. Manche klatschten, schrien bravo, anderen sah man an, dass sie mit einem der Spieler unzufrieden waren. Zwei Männer, beide unter dreißig, spielten gegeneinander. Der eine hatte dunkle, lange Haare, die durch ein Schweißband am Herumwehen gehindert wurden, der andere dagegen blonde, kurze, wobei ein Wirbel seine Frisur maßgeblich mitbestimmte. Seine Vorderhaare fielen nicht glatt auf die Stirn, sondern standen wie eine Welle nach oben. Jedes Mal, wenn der Ball auf die Schlagfläche des Schlägers traf, hörte man das BLOBB und ein Aufstöhnen, das Aysel durch Mark und Bein ging. „Das soll sicher nicht nur die Anstrengung zum Ausdruck bringen, die kopieren damit ganz einfach mal die US-Open", dachte Aysel. Sie fand es jedenfalls ungemein erotisch, den Spielern zuzuschauen. Nach einer Weile begab sie sich auf die Suche nach einem Ansprechpartner.

Der Platzwart stand vor seinem Einzimmerhäuschen und schaute weder das Spiel an noch schien er sich in irgendeiner Weise mit Tennis, Tennisplatz oder Zuschauern zu beschäftigen. Er streichelte eine Katze, die auf einem ausrangierten Wohnzimmersessel eingerollt schnurrte.

„Sie sind doch der Platzwart, nicht wahr?", fragte Aysel.

„Das bin ich", sagte er.

„Können Sie mir sagen, wer von den Spielern Karel Kasak ist?"

„Sicher, der spielt doch hier im Verein, den kennt hier jeder. Übrigens ein guter Spieler. Der junge Mann da unten, der mit dem blonden Haar, das ist er." Er zeigte auf den ersten Tennisplatz. Aysel sah weiter dem Spiel zu. Auch auf den anderen Plätzen spielten junge Leute gegeneinander, nur kamen diese nicht in den Genuss von Zuschauern. Karel Kasak spielte mit vollem Einsatz, aber auch sein Gegner blieb nicht hinter ihm zurück. Mit rasender Geschwindigkeit traf der Ball einmal ins rechte, dann wieder ins linke Feld. Immer wieder das BLOBB, immer wieder das Stöhnen und die durchtrainierten Körper, die muskulösen Beine und Arme das Hochspringen, das Aufschreien, wenn ein Ball verfehlt wurde. Aysel blickte wie gebannt auf die Spieler. Das Spiel zog sich noch in die Länge, doch dann stand das Ergebnis fest. Karel Kasak hatte knapp gesiegt. Aysel freute sich darüber. „Er wird gute Laune haben, wenn ich ihn anspreche", dachte sie. Beide Spieler trafen sich ein letztes Mal am Netz und gaben sich kurz die Hand. Der Verlierer lief mit enttäuschtem Gesichtsausdruck umher und sammelte seine Sachen zusammen. Immer wieder schlug er mit dem Tennisschläger wütend in die Luft. Zunächst war Karel Kasak von einigen Zuschauern umringt. Dann umarmte ihn eine junge Frau und küsste ihn. Er umhüllte seinen Tennisschläger und lief dann mit der Frau die Treppen hoch zum Vereinshaus. Dort fing Aysel ihn ab.

„Herr Kasak, kann ich Sie kurz sprechen?" Karel Kasaks Freundin schaute sie misstrauisch an, während er, wie Aysel bereits vermutet hatte, mit guter Laune einwilligte.

„Sicher, worum geht es denn?"

„Es geht um Ihren Vater." Sofort verfinsterte sich auch sein Gesicht.

„Etwas unpassend hier, finden Sie nicht?", sagte seine Freundin in unfreundlichem Ton. „Mag sein", antwortete Aysel und schaute dabei nur Karel Kasak an, „aber ich weiß nicht, wie und wann ich Sie sonst erreichen könnte."

Mittlerweile näherte sich eine Gruppe junger Männer in Tennisoutfit der kleinen Gruppe. Sie gratulierten dem Gewinner und Aysel wurde etwas ins Abseits gedrängt. Karel Kasak schaute immer mal zu ihr hinüber. „Für den Sohn eines Banditen wirkt er recht normal", gestand Aysel sich ein. Sie hatte einen ganz anderen Menschentyp erwartet, einen mit dicker Goldkette um den Hals, einen der Geschäfte delegieren kann und dem man die Aufgeblasenheit und Frechheit schon von weitem ansah. Stattdessen wirkte dieser Mann gebildet, höflich und zuvorkommend. Als sich die Menschentraube um Karel Kasak langsam aufzulösen begann, sah er sie mit besorgtem Gesichtsausdruck an. Karel Kasak ging ihr ein paar Schritte entgegen.

„Wer sind Sie und was wollen Sie?"

„Ich fange mal mit dem zweiten Teil Ihrer Frage an. Ich will verhindern, dass ein Mann, der unschuldig ist, auf Dauer im Gefängnis bleibt."

„Ich verstehe, Sie meinen, dieser Bukov ist unschuldig, obgleich seine eigene Frau ihm den Mord an meinem Vater zutraut?" Dieses Argument wog schwer. Was sollte Aysel darauf erwidern, dass sie von einer Bande erfahren hatte, die ein besseres Motiv hatte, seinen Vater zu töten, dass es aber keine Beweise gab? Aysel wollte ihn damit konfrontieren, auch wenn sie riskierte, von Karel Kasak abgewiesen zu werden. Sie musste einen seiner wunden Punkte treffen.

„Ihr Vater hatte eine Menge krimineller Energie, die er an verschiedenen Stellen erfolgreich in Geld verwandelt hat, das brachte ihm auch Feinde ein. In diesem Geschäft steht Mord auf der Tagesordnung. Ich will nicht, dass die wahren Mörder ungeschoren davonkommen."

Karel Kasak wirkte unbeeindruckt. „Wenn das stimmt, was Sie vermuten, kann ich Ihnen nicht weiterhelfen. Mein Vater hat mich in keine seiner dubiosen Geschäfte eingeweiht. Er hat mich und meine Mutter immer im Glauben gelassen, hier in Tschechien die Gunst der Stunde zu nutzten und auf ehrliche Art und Weise sein Geld zu verdienen. Es waren auch seriöse Geschäfte darunter, über die ich durchaus informiert bin. Dass es da noch anderes gab, das haben wir erst vor kurzem erfahren. Sicher, das mit den Frauen … Ich meine, dass er hier Freundinnen hatte, das war irgendwann kein wirkliches Geheimnis mehr, schließlich habe ich meinen zweiten Wohnsitz in Prag."

„Wusste Ihre Mutter das auch, ich meine das mit den anderen Frauen?", fragte Aysel. „Sie muss das von Anfang an vermutet haben. Sie hat sich immer geweigert, auch nur einen Fuß auf tschechischen Boden zu setzen. Das muss etwas damit zu tun gehabt haben, jedenfalls vermute ich das. Wir reden darüber nicht, aber dass er kriminell war und das in diesem Umfang, das habe ich nicht gewusst."

„Sie sind eine Bekannte von diesem Bukov nicht wahr?"

„Ja, das kann man so sagen."

Das Lachen von Karels Freundin klang zu ihnen hinüber.

„Nun, ich weiß wirklich nicht, wer außer diesem Bukov sonst als Mörder meines Vaters in Frage kommt und deshalb gehe ich schon davon aus, dass dieser Mann das Flugzeug zum Absturz gebracht hat. Er kennt sich schließlich mit Flugzeugen aus."

„Sicher, es spricht einiges gegen ihn und wäre Ihr Vater ein normaler Mitbürger gewesen, würde ich an Herrn Bukovs Schuld keinen Moment zweifeln. Aber Ihr Vater, entschuldigen sie, wenn ich so direkt bin, war ein gerissener Geschäftsmann und vor allem ein Krimineller und das lässt mich hoffen, dass Herr Bukov nicht der Mörder ist. Ich danke Ihnen jedenfalls, dass Sie so offen mit mir gesprochen haben."

Aysel bedauerte es, in diesem Moment des Abschieds, nicht mehr jung zu sein. Sie hätte gerne dazu gehört, sie hätte gerne so unbekümmert gelacht, wie sie es neben sich vernahm, sie hätte gerne die Weichen noch einmal gestellt, statt sich immer wieder im Kreis zu bewegen. Ihr Leben war zum vorprogrammierten Kreislauf geworden. Sie liebte ihre Gewohnheiten, ihre Aufgaben, ihre Kinder, ihre Eltern, aber die Zukunft empfand sie nicht mehr als wirklich offen. Sie fühlte sich zunehmend, als gäbe es keinen neuen Weg mehr zu beschreiten, einen Weg, bei dem der Ausgang ungewiss und die Wanderung spannend war.

Sie fuhr in die Innenstadt, um aus ihrer Wohnung das Handy ihrer Tochter zu holen. Die versprochene SMS hatte sie in der Zwischenzeit erhalten. Nun wusste sie, welcher Hausverwalter für die Mietwohnung von Michal Kasak zuständig war. Gleich als Aysel das Auto geparkt hatte, rief sie bei ihm an. Sie wurde mit dem Anrufbeantworter konfrontiert, auf dem sie ihre Telefonnummer hinterließ und ihr Interesse an einer großen Luxuswohnung in der Janáčkovo nábřeží Nr. 41 äußerte. Dann fuhr sie zu ihrer Familie aufs Land.

Ihre Tochter Rabia musste für die kommende Woche ein Referat über das Prager Loreto, das sich unweit der Prager Burg befindet, vorbereiten. Aysel konnte sich nicht mehr so recht an das Loreto erinnern. Sie war schon seit Jahren nicht dort gewesen. Rabia hatte sich aus dem Internet einige Informationen besorgt. Aysel schlug vor, sich das Ganze doch einmal am Sonntag anzusehen. Nur Arian war dagegen. Da gab es weder Autos, noch Flugzeuge zu sehen. Das Loreto war von einem Pilgerort zu einer Touristenattraktion geworden, ein totes Gebäude, das Arian nicht interessierte. Sie einigten sich, dass nur die Frauen das Loreto besuchen würden. Rabia hatte sich bereits so gut informiert, dass sie selbst die Führung übernehmen wollte. Ihrer Meinung nach gab es drei Schwerpunkte. Einmal das Loreto selbst, das Heilige Haus der Maria aus Nazareth, dann die Schatzkammer mit der berühmten Diamantenmonstranz und die Heilige Kümmernis, eine ans Kreuz geschlagene Frau mit Bart. Dass es da noch die Kirche der Geburt Christi, das Glockenspiel und zwei Barockbrunnen gab, war ihr zunächst nicht wichtig.

Aysel bemühte sich an dem besagten Sonntag so früh wie möglich zum Loreto zu fahren.

Sie war kein großer Liebhaber von Barockgebäuden, aber das Loreto amüsierte sie.

Das ganze Areal diente in ihren Augen nicht nur der Geldeintreibung durch die Kirche, es erfüllte auch die Wünsche der Gläubigen. Sie gesellten sich zunächst zu einer deutschen Touristengruppe und lauschten den Worten der Reiseführerin.

„Wie die Pilgerfahrten der Moslems nach Mekka, so hatten die Menschen auch bei uns das Bedürfnis ihre Heiligtümer aufzusuchen. Und weil Jerusalem weit weg war und in dieser Zeit den Moslems in die Hände zu fallen drohte, wurde das Wohnhäuschen von Maria aus Nazareth Ende des 13. Jahrhunderts durch Engel nach Ancona in Italien getragen. Und weil Ancona auch noch recht weit weg ist, wurde eine der vielen Kopien dieses Wohnhauses um 1630 auch in Prag errichtet. Wie sie gleich sehen werden, sind in dem fensterlosen Häuschen weder Betten noch Schränke zu besichtigen. Das ist eine kleine Kapelle mit Altar, als Wohnhaus recht ungeeignet", sagte die Reiseführerin. Dann schleuste sie ihre Gruppe durch das Heiligtum.

„Stellt euch mal die Pilger vor, die hierher kamen, ihre wenigen Habseligkeiten an Schmuck und Geld mitbrachten, um das Loreto zu sehen und sich dann im Kreuzgang einem für ihre Sorgen zuständigen Heiligen anzuvertrauen und ihn um Hilfe zu bitten", sagte Aysel. „Und jetzt laufen hier Touristen herum, die mit ihren Sorgen alleine fertig werden müssen und trotzdem Geld bezahlen. Unsere Heiligen haben sich in einen Zahnarzt, Psychologen oder einen Bankangestellten verwandelt. Vieles hat sich damals doch spirituell gelöst oder wurde spirituell ausgehalten."

Rabia schaute ihre Mutter überrascht an. „Das war eine ganz andere Welt, Mama, das lässt sich nicht vergleichen und spirituell Zahnweh aushalten ist bestimmt ziemlich schmerzhaft."

Rabia verhinderte, dass sie sich die Kirche der Geburt Christi ansahen. Sie führte ihre Mutter und Großmutter im Eilschritt zur Statue der gekreuzigten Heiligen Kümmernis.

„Der Legende nach ist sie die Tochter eines Königs", sagte Rabia. „Weil sie ihr Leben ganz in den Dienst Gottes gestellt hat, weigerte sie sich zu heiraten. Der Vater bestand aber darauf. Die Heirat konnte dann doch nicht stattfinden, weil ihr in der Nacht zuvor ein Bart gewachsen war. Welcher Bräutigam heiratet schon eine Frau mit Vollbart. Der unchristliche Vater ließ sie dann kreuzigen. Sie gilt als Retterin in Notfällen und Helferin der Armen. Kommt, wir gehen jetzt in den ersten Stock, wo sich die Schatzkammer mit der berühmten Diamantenmonstranz befindet."

Bevor sie die Schatzkammer betraten, zeigte Rabia ihnen im Flur vor der Kammer ein großes Gemälde, auf dem eine Frauengestalt in einem langen Festtagskleid abgebildet war. „Das ist die Gräfin Kolowrat in ihrem Hochzeitskleid. Die auf dem Kleid befestigten Diamanten könnt ihr gleich in der Schatzkammer besichtigen. Sie sind dort in eine Monstranz eingearbeitet." „Was ist denn eine Monstranz?", fragte die Großmutter. „Eine Monstranz ist ein Kunstwerk, das die Oblate, das Brot, das bei der katholischen Messe gereicht wird, hält." Sie schauten sich die Monstranz an, die Ende des 17. Jahrhunderts angefertigt worden war und ihnen mit 6.222 Diamanten entgegenglänzte. Aysel kam dieser Kunstgegenstand wie ein strahlender Sonnenschein vor, bei dessen Anblick in einem selbst die Sonne aufzugehen scheint. Nach einer Weile verließen sie das Loreto-Areal.

✳

Anfang der Woche rief der Makler an. In der Tat würde demnächst in dem besagten Haus eine große Wohnung frei, diese sei jedoch im Moment nicht zu besichtigen.

„Aber warum denn nicht?", fragte Aysel, der Mieter kann doch nicht wirklich etwas dagegen haben, wenn der Makler mit einer sehr interessierten Kundin einmal im Eilschritt durch die wichtigsten Räume läuft, zumal der Mieter doch schon gekündigt hat.

„Sie verlangen Unmögliches", erwiderte der Makler, „der Mieter ist im Moment nicht zu erreichen und sobald die Wohnung geräumt ist, werde ich Sie informieren."

„Was meinen Sie, wird das noch lange dauern?"

„Nein, ich rechne damit, dass die Sachen nächste Woche raus sind."

„Gut", sagte Aysel, „dann warte ich noch."

Über Karel Kasak in die Wohnung zu gelangen, konnte sie sich aus dem Kopf schlagen. Und den Kriminalkommissar wollte sie bereits wegen einer anderen, wichtigeren Angelegenheit ansprechen. Wieder diese Ratlosigkeit. Sie wusste selbst nicht, was sie in der Wohnung zu suchen hatte. Sie war kein bisschen weitergekommen. Aber Aysel gab nicht auf. Die Vorstellung, dass Marek die nächsten Jahre in einer Zehnquadratmeterzelle verbringen würde, trieb sie weiter. Jedem kleinsten Anhaltspunkt war sie bereit nachzugehen.

Tatsächlich meldete sich die Sekretärin des Maklers einige Tage später.

„Sie haben letzte Woche mit Herrn Škoda über die Wohnung in der Janáčkovo nábřeží Straße gesprochen. Die Wohnung wurde gestern geräumt. Sie können schon morgen einen Besichtigungstermin bekommen."

„Vielen Dank", sagte Aysel, „aber leider - oder sagen wir besser glücklicherweise - habe ich mittlerweile schon etwas anderes gefunden. Ein guter Bekannter konnte mir eine schöne Altbauwohnung vermitteln. Es tut mir leid, dass ihnen das Geschäft jetzt entgangen ist. Bitte grüßen sie Herrn Škoda von mir und sagen sie ihm, dass ich mich noch einmal recht herzlich bedanke."

Aysel fuhr noch in der Nacht in die Janáčkovo nábřeží Straße. Wie eine Diebin schlich sie sich an die beiden großen Müllcontainer heran, die unmittelbar vor dem Haus, in dem einst Michal Kasak gewohnt hatte, auf ihre Entleerung durch die Müllabfuhr warteten. Aysel stöberte mit Hilfe einer großen Taschenlampe nach Habseligkeiten, die dem Kasak gehört haben konnten. Zwei Passanten beobachteten sie kopfschüttelnd im Vorbeilaufen.

„Jetzt sind es sogar schon die Frauen, die über die Mülleimer herfallen", sagte der Mann zu seiner Begleiterin. „Das Gesocks sollte man aus Prag vertreiben."

Aysel ließ sich nicht stören. „Den Obdachlosen gehört nur der Müll und auch das wird ihnen nun schon ab und an verwehrt", dachte sie. Seit kurzem konnte man bei der Müllabfuhr Schlösser an den Containern anbringen lassen, so dass nur noch die jeweiligen Hausbewohner Zugang zur Tonne erhielten.

Aysel bemerkte gleich, dass in einem der Container einige von Michal Kasaks Sachen zu finden waren. Ein Toter hinterlässt immer Müll. Dieser Gedanke war ihr vor ein paar Tagen in den Kopf geschossen.

Alles, was sie in irgendeiner Weise als brauchbar einschätzte, legte sie auf den Bürgersteig neben sich: Bücher, ein altes Schachbrett mit unvollständigen Figuren, Grundrisse von Häusern, Wohnungen und anderen Projekten, eine Schachtel mit billigen Kugelschreibern, ein eingerahmtes Bild und einen Schuhkarton, halb gefüllt mit beschriebenen Postkarten, was der eindeutige Beweis war, dass diese Sachen aus der ausgeräumten Wohnung stammten. Die Ansichtskarten waren direkt an Michal Kasak adressiert. Aysel brachte alles zu sich nach Hause.

Fast jedes Teil nahm sie sich dort gesondert vor und untersuchte es, wie ein Gerichtsmediziner es zunächst auch nicht besser tun könnte. Selbst das Schachbrett drehte und wendete sie in ihren Händen. Die Ansichtskarten aus aller Welt amüsierten sie.

„Mein Schnuckelhaselchen", las sie, „ich vermisse dich ganz schrecklich. Mit Honza langweile ich mich zu Tode. Den ganzen Tag liegt er am Strand und brutzelt vor sich hin. Ich küsse dich, rate mal wo? Dein Pussykätzchen."

„Kein Wunder, dass der Sohn von Kasak diese Karten wegschmeißen ließ", dachte Aysel.

Als das gerahmte Foto an die Reihe kam, war sie zunächst der Meinung, hier sei der Sohn von Michal Kasak selbst abgebildet. Dafür war das Foto aber zu alt und zu vergilbt. Zwei junge Männer im altmodischen Fußballlook standen nebeneinander auf einer Wiese, wobei der eine dem Sohn von Michal Kasak erstaunlich ähnlich sah. Das konnte nur Michal Kasak in jungen Jahren selbst gewesen sein. Der Fußball lag vor ihnen auf dem Rasen. Auf der Rückseite des Bildes stand handschriftlich „In Erinnerung an Petr Mrákota."

Aysel beschäftigte sich danach noch etwas mit dem Lesen der Postkarten, die vielen Grundrisszeichnungen wollte sie sich zu einem anderen Zeitpunkt ansehen. Sie war zu müde und sah zu, dass sie noch ein wenig Schlaf bekam.

Am nächsten Tag schaute sie im Telefonbuch nach, ob der Name Petr Mrákota verzeichnet war. In der Tat fand sie unter den acht Mrákotas einen Petr. Sie rief noch vormittags an.

„Guten Tag, ich heiße Norati. Kann ich bitte mit Herrn Mrákota sprechen?"

„Mein Mann ist gerade unterwegs beim Einkaufen. Er wird aber in einer Stunde zurück sein."

„Gut", sagte Aysel, „dann melde ich mich später noch mal bei ihnen."

„Wir geben keine Reklameauskünfte", sagte die Frau, als Aysel schon auflegen wollte. „Oh, ich bin nicht von der Werbung. Ich möchte ihn nur Fragen, ob er mal vor langer Zeit mit einem Michal Kasak befreundet war."

„Dann sind sie von der Presse, wir haben nämlich von diesem schrecklichen Mord gehört."

„Nein, ich bin auch nicht von der Presse", antwortete Aysel. „Ihr Mann kannte Michal Kasak, nicht wahr?"

„Ich sage nichts, belästigen sie uns nicht mehr", sagte die Frau und legte auf.   Aysel fuhr daraufhin in die Cíglerova 12. Sie wollte den Mann direkt vor seiner Haustür abpassen. Das Telefongespräch war unprofessionell verlaufen und das war ihre Schuld. Was musste sie auch die Frau verunsichern. Aysel wartete vor dem Haus, auf das nach kurzer Zeit ein älterer Herr mit einer vollen Einkaufstasche zuging. Sie stellte sich ihm in den Weg.

„Entschuldigen Sie, Sie sind Herr Mrákota, nicht wahr?"

„Ja, das bin ich."

„Mein Name ist Norati. Ich würde mich sehr freuen, wenn ich Sie zu einem Kaffee einladen dürfte."

„Das ist aber ungewöhnlich." Petr Mrákota schaute Aysel lächelnd an.

„Wissen Sie", Aysel zog das Bild aus der Tasche, „und ich wollte Ihnen dieses Bild zurückgeben."

Der alte Mann betrachtete erstaunt das vergilbte Foto mit dem Sprung im Glas.

„Wo haben Sie das denn her? Und was wollen Sie?"

„Ich bin auf der Suche nach der Vergangenheit von diesem Herrn hier und vielleicht können Sie mir dabei helfen." Aysel zeigt auf den jungen Michal Kasak.

„Dieser Herr lebt nicht mehr. Sind Sie von der Polizei?"

„Nein, und ich bin auch nicht von der Presse. Ich bin, sagen wir mal, so etwas wie eine neugierige Amateurdetektivin, die noch an so was wie Wahrheit interessiert ist. Irgendjemand hat diesen Michal Kasak ermordet oder diesen Mord in Auftrag gegeben und meiner Meinung nach war es nicht der Mann, der jetzt in Untersuchungshaft sitzt und dafür verantwortlich gemacht wird."

„Sehr interessant, ich nehme an, dass Sie in irgendeinem Verhältnis zu dem Verdächtigen stehen."

„Ein nicht sehr enges jedenfalls".

„Ich schlage vor, dass wir jetzt oben bei mir zu Hause einen Kaffee trinken."

Er wies mit der Hand auf die Haustür, hinter der sich, den Klingelschildern zufolge,

16 Wohnungen befanden. „Meine Frau hat bestimmt noch ein Stück Kuchen dazu." Aysel war nicht besonders glücklich darüber, seiner Frau zu begegnen, aber es gefiel ihr, dass der ehemalige Freund von Michal Kasak gesprächsbereit schien. Sie willigte ein.

Als der Mann die Wohnungstür aufschloss, eilte ihm seine Frau entgegen und ohne zunächst Aysel auch nur wahrzunehmen, erzählte sie ihm, dass da eine Frau angerufen hatte, die wissen wollte, ob er früher einmal mit dem Mistkerl von Kasak befreundet war. Voller Stolz berichtete sie weiter, dass sie diese Frau erfolgreich abgewimmelt hatte.

„Eva, das ist Frau, wie war ihr werter Name noch?"

„Norati", sagte Aysel,

„Frau Norati. Ich irre mich doch sicherlich nicht, wenn ich annehme, dass Sie die Anruferin gewesen sind, nicht wahr?" Seine Frau Eva schaute Aysel wie vom Blitz getroffen an.

„Ja", antwortete Aysel, „das war ich", und mit dem Blick auf seine Frau sagte sie: „Entschuldigen Sie bitte, wenn ich sie erschreckt habe mit diesem Anruf, das war nicht meine Absicht."

„Frau Norati ist auf der Suche nach dem Mörder von Michal Kasak. Sie ist eine Art Privatdetektivin im eigenen Auftrag. Wenn ich ihr helfen kann, möchte ich das gerne tun. Sie möchte etwas über die vergangenen Jahre erfahren, als Michal und ich noch befreundet waren."

„So", sagte seine Frau, „na dann kommt rein. Ich koche gleich mal einen Kaffee." Aysel hatte den Eindruck, dass seine Frau Eva nur noch flüchten wollte und da nichts Besseres da war, lief sie sogleich in die Küche.

Nachdem der Mann Aysels Sommerjacke an der Garderobe aufgehängt hatte, folgte sie ihm ins Wohnzimmer und setzte sich auf ein dunkelgrünes, neubezogenes und doch altertümlich anmutendes Sofa. Zwei Sessel, die weder der Form noch der Farbe nach zum Sofa passten, standen ebenfalls um einen niedrigen Eichentisch herum. An den Wänden hingen zwei Ölgemälde, ein Stillleben mit Obstschale, aus der leuchtende Orangen, Äpfel und Kiwis hervorquollen und das Bild einer Weidelandschaft umgeben von Wäldern. Das Wohnzimmer wirkte gemütlich. Die Balkontür stand offen. Die Gardinen bäumten sich durch den warmen Wind ins Zimmer, als wäre jemand dabei sie aufzublasen. Petr Mrákota ging an den großen braunen Wohnzimmerschrank und nahm eine halbvolle Flasche Klaren mit zwei Gläsern heraus.

„Ein Gläschen Schnaps schmeckt erst richtig, wenn Besuch da ist!" Er goss Aysel ein. „Ich bin mit dem Auto da, Sie wissen doch, hier in Tschechien geht das nicht."

„Ja, sicher, aber Sie gehen ja nicht gleich, bis dahin wird man Ihnen nichts mehr nachweisen können. Ein Schnäpschen geht schon, glauben Sie mir." Aysel stieß mit dem Mann an und nippte zwei, drei Mal an ihrem Glas.

„Nun, der Kasak war einmal mein bester Freund und das vor allem während unserer gemeinsamen Schulzeit. Wir waren beide gute Mathematiker. Wir wollten zusammen Ingenieurwesen studieren. Das hat dann nicht mehr geklappt, weil er mit seinen Eltern 68 in den Westen gegangen ist. Sein Vater hatte sich im Prager Frühling der Protestbewegung angeschlossen und unsere damalige Regierung war froh, dass sie einige Störenfriede abschieben konnte. Die Eltern von Michal waren auch nicht gerade traurig hier wegzukommen. Unser Abschied, ich meine zwischen mir und Michal, das war schon eine kleine Tragödie. Geschrieben haben wir uns danach nicht. Das war verboten und hätte mir nur Schwierigkeiten eingebracht. Aber 89, kurz nach der Bürgerprotestbewegung und der Grenzöffnung, hat er mich besucht. Er war genau wie ich Ingenieur geworden. Allerdings war er Eigentümer eines kleinen Betriebes in der Nähe von Frankfurt am Main und ich war Angestellter in einer Zuckerfabrik. Ich habe dort die Maschinen gewartet. Ich glaube, er hatte damals um die zehn Angestellte. Später habe ich ihn dann auch besucht. Er wohnte mit seiner Familie in einem Reihenhaus, am Rande von Frankfurt. Ab 1991 - Wie lange sind Sie denn schon in Tschechien?"

„Seit 1990", antwortete Aysel. „Na dann wissen sie ja, wie das damals ablief, ich meine vor allem die Privatisierung der Staatsbetriebe, oder, wie unsere Politiker immer sagen, der Übergang von der sozialistischen Planwirtschaft zur Marktwirtschaft ohne Adjektiv und der Etablierung eines freiheitlich-demokratischen Rechtsstaates."

Diese Worte sprach er wie auswendig gelernt vor sich hin.

„Na ja", erwiderte Aysel, „ehrlich gesagt war ich damals, gemeinsam mit meinem Mann, mit dem Aufbau unserer Geschäfte in Prag beschäftigt. Ich konnte noch kein Tschechisch und Eigentum konnten wir als Ausländer ganz am Anfang auch nicht erwerben. Die aktuellen Tagesthemen haben mich jedenfalls nur am Rande interessiert. Für mich war nur wichtig, dass wir hier Geschäfte machen konnten und - glauben sie mir - nie wieder ging es uns so gut, wie in den ersten Jahren hier. Wir haben die Läden mit Textilien gefüllt. Die Menschen haben aber auch alles gekauft. Leider ist seit ein paar Jahren die gleiche Sättigungsstufe wie im Westen erreicht. Sicher, den Zusammenbruch der vielen Banken, um 1995 wegen der Massenvergabe fauler Kredite, den habe ich noch in Erinnerung und den Skandal um diesen Rožený wegen des Betruges mit seinem Oxford-Investmentfond auch. Aber sonst habe ich keine Ahnung, wie das wirklich damals abgelaufen ist."

„Haben Sie denn nicht mal was von der Kuponprivatisierung gehört?" Michal Kasaks Freund sah sie aufmerksam an.

„Nein, leider nicht", antwortete Aysel.

„Nun ja." Der Mann goss sich erneut einen Schnaps ins Glas, unterließ es aber, Aysel nachzuschenken, da ihres noch halb voll war. Nachdem er auch diesen regelrecht abgekippt hatte, fuhr er fort:

„Stellen Sie sich vor, ein ganzes Land mit mehreren hundert Fabriken muss innerhalb kürzester Zeit in Privateigentum überführt werden. Familienfirmen gab es im Sozialismus kaum. Alles war staatlich, meist zentral gesteuert, selbst die Landwirtschaft. Die Preise waren bis dato reglementiert und wurden zum Großteil von heute auf morgen freigegeben.

Na ja, jedenfalls wurde fast die Hälfte der Betriebe über die Kuponmethode privatisiert. Jeder Bürger über 18 Jahre konnte für 1035 Kronen, das waren damals noch ungefähr 26 €, ein Kuponheft mit 1000 Punkten erwerben und das haben die Tschechen auch kräftig getan. In einer zweiten Phase hat sich das dann später noch einmal wiederholt. Diese Investitionspunkte konnten entweder direkt gegen Aktien getauscht werden oder man vertraute sie einem privaten Investitionsfond an. Die zu privatisierenden Unternehmen waren nämlich zuvor in eine Aktiengesellschaft umgewandelt worden und warteten in einem tschechischen Eigentumsfond auf ihre neuen Besitzer. Damals gingen fast 80% des ehemaligen staatlichen Eigentums in Privatbesitz über. Das geschah nicht allein durch die Kuponmethode, aber mit Hilfe dieser Methode, mit der man bis 1996 über 40% des Volkseigentums privatisierte, suggerierte man den Tschechen, dass das ehemals anonyme Volkseigentum nun auch wirklich dem Volk zugute kommt. Erst nach und nach kam raus, dass sich wieder mal ein paar clevere Gestalten mehr als bereichert hatten. Und da gehört auch dieser Rožený dazu, von dem sie vorhin gesprochen haben. Denn etwa 70% aller Kuponinhaber haben privaten Investmentfonds ihre Anteilsrechte übertragen, weil diese zum Teil horrende Gewinne versprachen. Viele Leute haben für ihre Kuponhefte keine müde Krone bekommen oder aber viel zu wenig. Manche privaten Investmentfonds haben aber auch tatsächlich gleich Geld ausgezahlt, wenn sie die Kuponhefte bekamen. Aber das Geld dafür hatten sie sich meist zuvor von tschechischen Banken geliehen und die Banken haben ihr Geld oftmals nie wieder zurückerhalten. Auch aufgrund der Vergabe von diesen faulen Krediten, das haben sie ja vorhin selbst gesagt, gingen Mitte der 90er Jahre einige Banken bankrott. Naja, ich möchte Sie nicht langweilen, aber der Kasak ist damals indirekt über diese Kuponsache zu viel Geld gekommen. Nicht dass er einen eigenen Investmentfond gegründet hat, nein, das hat er nicht. Sie müssen sich vorstellen, viele Leute wussten gar nicht, was Aktien sind. Trotzdem haben einige Tschechen diesen Weg gewählt. Sie haben ihre Kuponpunkte direkt in Aktienanteilsscheine umgetauscht. Das waren sogar oftmals nicht nur Mitglieder der neuen Generation, wie ich die damaligen jungen Leute zwischen 20 und 30 Jahren bezeichnen würde, nein, das waren sogar auch ältere bis alte Leute, wie mein Neffe mir später erzählt hat. Mein Neffe hat nämlich im Auftrag von Michal Kasak den Leuten die Aktienanteile einer Autozulieferfirma aus Liberec gegen Geld abgekauft. Ich bin erst später dahinter gekommen. Michal Kasak hat mich eines Tages angerufen, das muss auch so Mitte der 90er gewesen sein, und hat mich gefragt, ob ich einen vertrauenswürdigen Studenten kenne, der sich etwas am Wochenende hinzuverdienen möchte. Ich habe ihm dann meinen Neffen empfohlen. Der hat mir erst viel später erzählt, was er damals an den Sommerwochenenden so gemacht hat. De facto hatte er eine Adressliste bekommen von allen Leuten, die Anteilseigner dieser Fabrik in Liberec waren. Außerdem hatte er einen Geldbetrag erhalten, den er nach eigenem Belieben ausgeben konnte. Am Ende sollte er nur den Großteil aller Aktien dieser Firma zusammen haben. Und das hat funktioniert. Mir nichts, dir nichts, war der Kasak innerhalb kürzester Zeit und für relativ wenig Geld Besitzer dieser Fabrik geworden, weil er tatsächlich von diesen Privatleuten die Aktien abkaufen konnte. Das einzige Illegale an der ganzen Sache war, dass diese Adresslisten gegen viel Geld verkauft worden waren. Und der Kasak hatte sich die Adressliste der Aktieninhaber für diese Firma besorgt. Mein Neffe hat sich damals gewundert, dass zu denselben Leuten noch andere Aktienjäger gekommen waren. Das heißt doch, dass dieselbe Adressliste nicht nur an einen verkauft worden ist. Und jetzt überlegen sie mal, das war ja nicht nur eine Firma, die so an bestimmte Halbkriminelle gelangt ist. Naja, diese halblegale Machenschaft hat den Kasak reich gemacht. Er hat die Firma einige Jahre selbst geführt, mehr schlecht als recht, ohne auch nur eine Krone zu investieren, um sie dann, im richtigen Moment, an eine Firma im Westen zu verkaufen. Seitdem war er Multimillionär. Ich habe ihn noch einmal besucht. Mittlerweile war er aus seinem Reihenhaus in eine Villa ins Dichterviertel von Frankfurt gezogen. Dichterviertel, was für ein Name, wo die meisten Dichter doch arme Teufel sind." Aysel kannte das Dichterviertel mit seinen vielen wunderschönen Häusern. „Der Kasak ist dann richtig zum Großprotz geworden. Seitdem habe ich Abstand gehalten und seit einigen Jahren ist der Kontakt abgebrochen. Mehr kann ich Ihnen nicht sagen. Dass er jetzt tot ist, wundert mich nicht wirklich. Wer weiß, in was er noch überall verwickelt war."

Erst jetzt fiel dem Mann auf, dass seine Frau den Kaffee noch nicht gebracht hatte. „Eva, wo bleibt denn der Kaffee?", rief er und wendete sich dabei zur Wohnzimmertür. Eva ließ nichts von sich hören. „Ich glaube, ich schaue mal nach dem Rechten." Er lief in die Küche und kam bald darauf mit einem vollen Tablett zurück. Im Wohnzimmer angelangt zwinkerte er mit den Augen, er wollte Aysel vermitteln, dass seine Frau Eva den Schock noch nicht verarbeitet hatte und nicht sehr daran interessiert war, noch einmal mit ihr in Kontakt zu treten. Aysel verstand sofort. Sie trank den Kaffee schneller als gewöhnlich und rührte von dem Kuchen nichts an. Schnell verabschiedete sie sich von Petr Mrákota, was er sehr zu bedauern schien.

„Ach bitte, noch eine Sache", sagte er, während Aysel schon im Begriff war, den Haustürgriff herunterzudrücken, „bitte, wenn Sie doch mal etwas herausbekommen sollten, dann würde ich mich sehr freuen, wenn Sie mich darüber informieren würden. Neugierig sind wir doch nun mal alle. Und es tut mir auch irgendwie manchmal leid, nicht um den 56-jährigen Kasak, aber um den 18-jährigen, den ich gekannt und sehr gemocht habe."

„Sollte ich oder das zuständige Kommissariat dem Mörder wirklich auf die Spur kommen, werden Sie einer der Ersten sein, die ich informieren werde", antwortete Aysel.

Als sie wieder in ihrem Auto saß und durch Prag fuhr, hatte sie zum ersten Mal den Wunsch, nicht mehr weiterzumachen. Wie ein todkranker Mensch irgendwann einmal einsieht, dass er jetzt mit dem Kämpfen aufhören muss, so wollte sie jetzt alles sein lassen. Sicherlich hatte sie Neues über Michal Kasak erfahren, aber nichts, was ihr wirklich weiterhelfen konnte. Keine neue Spur, keinen Hinweis, einfach nichts. Dieses Gefühl änderte sich auch die folgenden Tage nicht. Nur der Englischunterricht lenkte sie ein wenig ab. Es ging um Präpositionen. „Rely on gehört zusammen", sagte Tom, „genauso wie lean on." Dann fing er plötzlich an zu singen.

"Lean on me, when you`re not strong
And I'll be your friend
I'll help you carry on…..
Please swallow your pride
If I have things you need to borrow
For no one can fill those of your needs
That you don't let show….
If there is a load you have to bear
That you can't carry
I'm right up the road
I'll share your load
If you just call me …"

Dabei schaute er sie mehrmals verstohlen an. Sie ahnte, dass er dieses Lied nur für sie gesungen hatte. Es rührte sie. Danach erzählte er von dem Sänger Bill Withers und versprach den Kursteilnehmern, das Lied das nächste Mal vorzuspielen. Auf der Straße sagte er ihr direkt, dass er sich diesmal nicht mehr so leicht abschütteln lässt. „Ich möchte mit dir durch Prag laufen, ich möchte mit einer dieser schönen Pferdekutschen fahren oder in diesen dachlosen Oldtimern. Mann, verstehst du denn nicht? Ich habe schon zu lange gewartet. Jetzt gehst du mit mir wenigstens in die Pařížská

und dort werden wir in alle Geschäfte gehen, zu Cartier, Moschino, Dior, Boss, Versage oder Burberry und wenn du ein schönes Teil, wohlgemerkt nur eines, weil mehr ist nicht drin, also wenn du eins entdeckt hast, dann werde ich es dir schenken. Ich will dich nur eine Sekunde glücklich sehen. Dann mache ich ein Foto und trage es mit mir herum."

„Du bist verrückt", erwiderte Aysel und lachte. „Was wird deine Frau dazu sagen?"

„Die erfährt schon nichts, also, komm jetzt mit. Die Pařížská ist im Sommer besonders schön und wenn du mich ärgerst, schleppe ich dich ins alte jüdische Viertel und du musst dir dann die Synagoge, den Friedhof und den Dachboden vom Golem ansehen."

Aysel war froh über eine kleine Ablenkung. Die Pařížská war ein guter Ersatz für all die bekannten Einkaufsstraßen, über die sie schon gegangen war, über die Goethestraße in Frankfurt, über die Champs Elysee in Paris, über die Caddesi in Istanbul. Ein Hauch von Extravaganz erwartete sie.

Aysel lief neben Tom her. Manchmal streiften sich ihre Hände. Es war ein heißer Sommertag. Tom sah mit seiner Sonnenbrille, seinem modernen farbigen T-Shirt und den beigen Shorts amerikanisch männlich aus. Er erzählte von seinen zahlreichen Wochenendtrips. Er hatte von Prag aus schon fast alle Hauptstädte Europas bereist. Er wollte das nächste Wochenende mit einem Freund nach Amsterdam fahren.

„Warum fährst du nicht mit deiner Frau?", wollte Aysel wissen.

„Das ist eine andere Geschichte", antwortete er nur.

Als sie den Altstädter Ring erreicht hatten, standen unermesslich viele Menschen vor dem Rathausturm mit der Astronomischen Uhr, die bekanntlich nicht nur die Uhrzeit, sondern auch astronomische Gegebenheiten wie Mondphasen, Sonnenstand und die Stellung der großen Planeten anzeigt. Die Menge schaute zu den geschlossenen grünen Türchen hoch, die sich in wenigen Minuten öffnen sollten.

„Diese Uhr will uns nicht nur über die Uhrzeit unterrichten. Sie will uns zum tieferen Nachdenken über die Zeit, über unsere Vergänglichkeit anregen", sagte Aysel.

Das verstand Tom erst, als er hoch oben im Turm ein Skelett wahrnahm, das ein hell klingendes Totenglöckchen läutete. Dann öffneten sich die Türchen über der Uhr und nach-

einander traten die 12 Apostel heraus. Zum Schluss flatterte und krähte ein Hahn, die Turmuhr schlug 13 Mal. Ein Türke wackelte dabei ununterbrochen mit dem Kopf. „Was das mit dem Türken soll", sagte Aysel, „habe ich bis heute nicht begriffen. Ich bin schon neugierig, welche Rolle mein Landsmann dort oben spielt. Aber bis jetzt habe ich noch keine Erklärung gelesen."

Als das Schauspiel vorbei war, liefen sie auf das Jan-Hus-Denkmal zu. Obgleich der ganze Platz vor Menschen wimmelte, konnten sie die Teinkirche mit ihren prägnanten Türmen, das gotische Haus Zur Steinernen Glocke und den Kinsky-Palast gut sehen.

Je mehr sie sich der barocken St.-Nikolaus-Kirche näherten, desto mehr machte sich ein eigentümlicher Pferdegeruch breit.

„Wir fahren aber nicht mit der Kutsche", sagte Aysel, als Tom die geparkten Pferdekutschen mit den braunen und weißen Pferden betrachtete.

„So, warum denn nicht? Ich dachte immer Frauen sind besonders scharf darauf?"

„Ich jedenfalls nicht", sagte Aysel, „die Kutschfahrt in Karlstein hat mir schon gereicht. Wenn du mich loswerden willst, lad mich zu einer ein."

„Nein, dann lieber nicht", erwiderte Tom.

Sie hörten schon das Saxofon von Vladimir Pinta, einem alten Herren mit Hut, der professionellen Jazz auf seinem Instrument in Begleitung eines Kassettenrekorders spielte. Dann bogen sie in die Pařížská ein.

„Diese Straße wäre noch prachtvoller, wenn sie hier eine Fußgängerzone einrichten würden."

„Das kommt noch", sagte Aysel, „am Wenzelsplatz ist das auch schon gelungen, jedenfalls teilweise." Aysel weigerte sich, in die teuren Geschäfte zu gehen.

„Ich verkaufe selbst Kleidung", sagte sie zu Tom. „Aber doch nicht so was", Tom zeigte auf ein mit Strasspailletten versehenes Abendkleid.

„Zu welchem Anlass soll ich so ein Kleid tragen? Das würde bei mir zu Hause nur rumhängen."

„Ich könnte dich ausführen", erwiderte Tom.

„Wo du doch nur Tango kannst", Aysel lachte. „Damit ist mindestens Walzer angesagt." „Du bringst mir dann eben Walzer bei." Er nahm sie um die Hüfte und machte ein paar unbeholfene Walzerschritte. Noch während sie sich drehten, sagte Tom: „Manchmal spiele ich Tourist in Prag. Das geht ganz einfach, häng dir einen Fotoapparat um den Hals und dann kommst du als Tourist durch. Dann steigt in mir wieder ein Gefühl von Abenteuer auf, wie ganz am Anfang, als noch alles neu war in Prag. Die Prager nehmen es dann als selbstverständlich, wenn ich Unsinn mache. Als Tourist darf ich mir schon mal einen größeren Freiraum erlauben. Dann bestätige ich die Prager wieder in ihren Vorurteilen. Die denken dann nur noch, die fahren ja bald wieder ab und dann sind wir sie wieder los."

„Ja, das mögen sie denken", sagte Aysel, „aber dann kommen wieder andere." Sie schaffte es, dass sie wieder nebeneinanderher gingen.

„Im Winter aber nicht so viele", sagte Tom.

„Das stimmt, nur dann gelingt es manchmal, dass man alleine auf der Karlsbrücke laufen kann, aber das auch nur sehr spät in der Nacht."

„Ich mag es ganz gerne, wenn ich mehrere Sprachen auf einmal höre, das macht ja gerade Prag so international. Hier ein paar Worte Italienisch, dort eine französische Familie und Engländer und Amerikaner sowieso und dann die Deutschen und die Japaner, Norweger, Schweden und erst die Russen." Er verschränkte sogleich die Arme ging in die Hocke, tanzte den Kosakentanz und summte Kalinka - Kalinka - Maja.

„Du bist übergeschnappt", Aysel lachte.

„Nein ich bin…. aber lassen wir das jetzt. Aysel, wenn du schon kein teures Geschenk haben möchtest, dann gehen wir zum Ausgleich ins Pravda. Dort ist das Essen vorzüglich."

„Ich war noch nie im Pravda", sagte Aysel, „ich gehe immer nur ins Barock. Das ist doch gegenüber vom Barock, nicht wahr?"

„Ja, da hinten, an der Ecke, da wo das altjüdische Viertel ist."

Die weißen Stühle, die außerhalb des Restaurants vor den weiß gedeckten Tischen standen, waren nicht mehr frei.

Tom betrat daraufhin mit Aysel das Restaurant. An einem Stehpult, gleich hinter der Eingangstür, stand eine Tschechin, die fragte, ob die beiden einen Tisch für zwei Personen wünschen. Tom zeigte auf einen Tisch an einer Säule.

„Wir wünschen diesen dort." Aysel blickte sich interessiert um. Wieder Kronleuchter, aber auch modernes Interieur. Das Restaurant wirkte gemütlich und durch die stufenförmigen Erhöhungen extravagant. Als der Ober die Bestellung aufgenommen hatte, erzählte Tom, dass er schon einmal in früheren Jahren eine Europatour gemacht hatte. „Als ich damals in Paris war, habe ich zwei junge Amerikanerinnen getroffen, die gerade dabei waren, die sterblichen Überreste ihrer Mutter, die Asche meine ich, in den europäischen Hauptstädten zu verteilen. Die Mutter wollte, dass die Töchter nach ihrem Tod eine Europareise machen, um in den wichtigsten Hauptstädten und dort von den höchsten Türmen ein wenig Asche abzuwerfen. Sie haben mich gebeten, bei diesem Ereignis dabei zu sein. Wir sind auf den Eiffelturm gestiegen. Naja, das blöde war nur, dass wir ziemlich Gegenwind hatten, als ein Esslöffel Asche in die Luft gehalten wurde. Im Hotel habe ich mir sofort die Zähne geputzt. Und glaub mir, ich habe es abgelehnt, mit ihnen weiter nach London zu reisen."

Aysel musste lachen. „So hatten die Kinder jedenfalls auch etwas von der Beerdigung."

„Aysel", sagte Tom. Da wusste Aysel, dass es jetzt um nichts Lustiges mehr ging. „Ich habe ein ganz klein wenig herausbekommen, wer dieser Kasak ist, der hier in Prag durch einen Flugzeugabsturz ums Leben kam. Was hast du damit zu tun? Und warum interessiert dich diese Sache?"

„Ich habe dich doch gebeten keine Fragen zu stellen", sagte Aysel etwas verärgert. „Verlang nichts Unmögliches von mir … Also, … nur ein wenig Aufklärung."

Aysel hatte noch immer den besorgten Gesichtsausdruck. „Aber nur kurz", erklärte sie daraufhin widerwillig. „Ein Bekannter sitzt in Untersuchungshaft. Er soll diesen Kasak angeblich umgebracht haben, nur weil er Hobby-flieger ist und der Kasak an seiner Frau starkes Interesse gezeigt hat. Das ist alles. Ich habe versucht, eine andere Spur zu finden, das ist mir aber nicht gelungen. Jetzt bin ich mit meinem Latein so ziemlich am Ende. Nicht sehr spannend, nicht wahr?"

„Na ja", sagte Tom, „das mit dieser Marie fand ich schon gefährlich, stell dir mal vor, der Kerl wäre früher nach Hause gekommen. Aber warum wurde sie zusammenge-schlagen? Nur weil du sie einmal angesprochen hattest?"

„Das reicht in diesen Kreisen schon. Manche Männer behandeln diese Frauen wie Leibeigene. Ich werde noch einen Versuch starten. Das wird mein letzter sein. Danach gebe ich auf."

„Mach nichts Gefährliches", sagte Tom.

„Nein, sicher nicht. Wenn alles gut geht, begleitet mich der zuständige Kommissar."

„Ich hoffe er ist klein und dick", sagte Tom, „und riecht nach Schweiß." Aysel lachte wieder.

„Tom, was denkst du von mir?"

„Ich denke, dass du einsam bist. Und dass du dich damit abgefunden hast, das gefällt mir nicht. Du bist wie eine Eisprinzessin, die alles tut, um nicht auftauen zu müssen. Vielleicht hast du Angst vor deinen Gefühlen. Ich kannte mal eine Maskenbildnerin vom Theater. Sie hat mir erzählt, sie hätte Angst davor, Schauspielerin zu sein. Sie hätte Angst, so viele Gefühle frei zu lassen, weil sie sie dann vielleicht nicht mehr bändigen kann. Weil sie dann nicht wüsste, was als nächstes kommt. Sie hat die Schauspieler sehr genau beobachtet und sie um ihre breite Ausdruckspalette beneidet. Manchmal wusste man zwar nicht mehr, wie sie wirklich sind, aber dadurch, dass sie sich in allen Lagen ausprobieren konnten, waren sie einfach fesselloser."

„Oder auch zügellos", sagte Aysel.

„Nein, sie waren ausdrucksstark und unverkrampft", erwiderte Tom.

„Und genau das bin ich nicht?"

„Du bist im tiefsten Inneren unglücklich und das schon über Jahre, das tut dir nicht gut." „Und du?", fragte Aysel. „Bist du glücklich?"

„Mit dir schon", antwortete Tom, „lass uns jetzt nicht über meine Frau sprechen. Mir geht es gut, ich unterhalte mich gerne mit dir, ich sehe dich gerne an und laufe gerne neben dir. Mehr ist eben im Moment nicht drin, aber vielleicht wird das doch noch mal anders."

Der Ober brachte das Essen. Sie aßen Ente mit Reis und Salat und verließen bald darauf das Restaurant.

„Schau mal, hier oben soll der Golem ruhen, hier im Dachboden. Tom zeigte auf die Altneusynagoge gegenüber dem Pravda. Unsere Familie hat jüdische Wurzeln, so einen Golem könnte ich auch manchmal gebrauchen. Er könnte mal kurz bei meinem Chef vorbeischauen und für mich um Gehaltserhöhung nachfragen. Kein Chef würde einem Golem das ausschlagen." Aysel musste wieder lachen. „Bei mir würde es schon genügen, wenn er sich in eines meiner Geschäfte setzen würde. Die Leute würden in Scharen vorbeikommen, nur um mal den Golem zu sehen und ganz nebenbei würde ich meine Sachen verkaufen. Ich wäre innerhalb von Tagen die reichste Frau von Prag."

Als sie die Pařížská entlangliefen, am Interconti-Hotel vorbei, zur Moldau, konnten sie die Bewegung des Pendels vom Riesenmetronom oben am Berg beobachten. „Immer wird man in irgendeiner Weise an die Zeit erinnert", sagte Aysel. „Erschreckend finde ich, dass die Gegenwart so kurz ist, dass ich sie in den schönsten Augenblicken nicht fesseln kann. Nur wenn ich mich setze und nichts tue, erscheint sie lang, aber in Wirklichkeit bleibt sie auch dann kurz und unfassbar."

„Worüber du dir Gedanken machst", antwortete Tom.

„Na gut, ich gebe zu, wir haben auch für dieses Problem eine Lösung gefunden", Aysel sprach einfach weiter, „dadurch, dass wir alles am Laufen halten und ständig Wiederholungen einbauen, tricksen wir die Gegenwart aus. Aus einmaligen Ereignissen werden mehrmalige."

„Das stimmt", sagte Tom. „Dadurch, dass wir uns dienstags sehen und auch weiterhin damit rechnen können, kommt so etwas wie Beständigkeit auf."

„Was für eine Beständigkeit?", fragte Aysel, „wovon redest du?"

„Na von uns", antwortete Tom.

„Ich gehe in Englisch, um Englisch zu lernen und zunächst mal nicht um dich zu sehen." Tom sah sie jetzt etwas beleidigt an.

„Hör mal", sagte er, „das ist meine liebste Englischklasse, und das nur, weil du dort erscheinst."

„Das ist ja sehr nett von dir, aber Beständigkeit wird es für uns trotzdem nicht geben."

„Das weiß ich", sagte Tom, „und bevor ich dich jetzt wieder verärgere, werden wir uns einigen, dass du weiterhin in die Schule kommst, um Englisch zu lernen und ich mich weiterhin darauf freue, dass du kommst und ich dich sehen kann." So gingen sie nebeneinanderher, längs der Moldau am Dvorak-Ufer entlang bis zum Rudolfinum, einem Gebäude im neoklassischen Stil, in dem das tschechische philharmonische Orchester für die Abendvorstellung probte, bis zur Mánesuv Brücke und tauchten erst dort wieder in das Großstadtleben ein. Sie stiegen in die Straßenbahn 22 und fuhren zur Haltestelle Národní Třída, wo sie sich trennten.

Am Nachmittag fuhr Aysel mit dem Auto zum Ladronka-Park. Sie hatte vier Kinder dabei. Die anderen wurden von ihren Eltern gebracht. Aysel hatte in einem Café, in dem man Bowling spielen konnte, für 10 Kinder Plätze reserviert. Der Geburtstag ihres Sohnes sollte abwechslungsreich gestaltet werden. Fußball, Bowling und Inliner fahren, Kuchen essen, Limonade trinken und Spaß haben, das alles stand auf dem Programm. Die lange, an eine Acht erinnernde Inliner-Strecke sah aus wie eine Miniaturlandstraße, die sich durch schönste Natur windet. Vom Park aus hatte man einen bezaubernden Talblick. Ein einziger Gebäudekomplex, der an einen kleinen, makellos restaurierten Gutshof erinnerte, war Anlaufstelle für alle, die Durst oder Hunger verspürten. Dorthin liefen die Kinder, um im Café die Bowlingbahn zu besetzen. Das Café selbst hatte mehrere Räume. Der Raum, in dem die Bowlingbahn untergebracht war, wirkte wie ein modernes Wohnzimmer. Aysel sprach noch kurz mit einigen Eltern und half dann die passenden Bowlingschuhe für die Kinder auszusuchen. Danach brauchte sie sich um nichts mehr zu kümmern. Die Kinder kamen gut alleine zurecht und hatten ihren Spaß.

Aysel lief nach draußen. Dort hatte sich eine Hochzeitsgesellschaft versammelt, die offenbar im Restaurant, das sich im gleichen Gebäudekomplex befand, feierten. Die Braut schaute in ihrem langen weißen Kleid mit Schleier und Blumenbukett unschlüssig in die Gegend. Ein Fotograf bemühte sich, eine gewisse Ordnung in der Aufstellung der Gäste zu erreichen. Dann begleitete er die Braut zu ihrem Platz und erst als alle lächelnd zur Kamera blickten, begann er mit dem Fotografieren. Danach liefen wieder alle durcheinander. Einer der Gäste holte aus dem Innenhof des Gebäudes ein antikes Fahrrad hervor. Der Bräutigam wurde mit lautem Gejohle auf den Sattel gehoben und begann zunächst mit Hilfestellung, dann aber alleine eine Runde zu drehen. Das Hinterrad hatte einen kleinen, das Vorderrad einen riesigen Durchmesser. Der Bräutigam saß ziemlich hoch über dem großen Rad und hielt den Lenker, als hätte er ein durchgehendes Pferd zu bändigen. Die Menge klatschte, als er unversehrt abstieg. Nun kamen die Gäste selbst an die Reihe. Einige konnten ihr Gleichgewicht halten, andere mussten gestützt werden. Es war sehr lustig, dem Treiben zuzusehen und bald hatte sich eine kleine Zuschauergruppe eingefunden, die bei jedem unbeholfenen Schlenker zu lachen anfing. Aysel entfernte sich langsam. Während sie über die Wiese lief, nahm sie ihr Handy aus der Tasche und rief den Kommissar an. Er meldete sich auch gleich.

„Ach Sie, lange nichts von Ihnen gehört."

„Wie geht es Ihnen?", fragte Aysel.

„Ich kann mich nicht beklagen. Um was handelt es sich diesmal?"

„Ich möchte Sie sprechen, von mir aus auch in Ihrem Büro."

„Dann habe ich ja nichts zu befürchten."

„Das hatten sie das letzte Mal auch nicht. Wann passt es Ihnen?"

„Morgen früh gegen 10:00 Uhr."

Aysel war einverstanden und verabschiedete sich.

Dann lief sie zurück in das Café und sah den Kindern beim Bowlingspiel zu. Der Nachmittag endete mit Streitereien und einem kleinen Unfall. Beim Fußballspiel war ein Kind verletzt worden. Das Knie blutete und Aysel lief mit dem Jungen in das Café, um die Wunde zu säubern. Als sie zurückkam, kämpften beide Mannschaften am Boden. Aysel brauchte einige Zeit, um die Jungen zu trennen.

Als sie später wieder im Dorf waren, rief der Kommissar an.

„Frau Norati, hier ist Kahankov. Leider wird mein Büro morgen früh für eine Vernehmung benötigt. Das betrifft aber nicht meine Abteilung. Wir können uns an einem anderen Ort treffen." Aysel überlegte. Sie war schon lange nicht mehr im Repräsentantenhaus gewesen und morgens war dort bestimmt noch nicht viel los.

„Was halten Sie vom Café im Repräsentantenhaus?"

„Gut, das passt, dann bis morgen, gleiche Zeit, wie verabredet."

Das Repräsentantenhaus war für Aysel das schönste Gebäude Prags. Es grenzte an den Pulverturm, ein Turm, der ehemals zur Stadtbefestigung gehörte und später von den preußischen Besatzern als Lager für Schießpulver missbraucht worden war.

„Diese Perle des Jugendstils wird immer einzigartig bleiben", dachte Aysel, als sie an dem besagten Morgen auf das schöne Gebäude zuging. Wie ein aufgeschlagener Fächer stand das Repräsentantenhaus graziös und anziehend auf dem Platz der Republik und lud Aysel ein, sich auf angenehme Art in seinen zarten Verzierungen, grazilen Schmuckwerken und bezaubernden Mosaikbildern zu verlieren.

Auf Aysel wirkte hier alles Funktionale verspielt. Auch wenn man den Smetana-Saal nur bei Sonderführungen oder beim Besuch eines Konzertes zu Gesicht bekam, konnte man, aufgrund der zugänglichen Räume, wie der Bierhalle und der amerikanischen Bar im Unterge-schoss, dem Café und dem französischen Restaurant im Erdgeschoss und dem Treppenhaus mit der Galatreppe einen dauerhaften, formvollendeten und unvergesslichen Eindruck erlangen. Aysel ging in das Café hinein. Sie setzte sich auf einen braunen Holzstuhl an einen kleinen grauen Marmortisch und schaute sich in aller Ruhe um.

Der Raum war für ein Café ziemlich groß und erinnerte, wegen seines übermäßigen Fassungsvermögens und den großen Fenstern, an eine noble großzügige Bahnhofsräum-lichkeit aus der Wende des vorhergehenden Jahrhun-derts. Am auffälligsten waren die Lampen, die trotz der Höhe des Raumes in ihrer schweren Goldfassung mit den ausklingenden Glasfransen eine erstaunliche Bodennähe erreichten und eine Festtagsstimmung erzeugten, die berauschend sein konnte.

Aysel wusste, dass das Café abends bei Dunkelheit an Glanz und Glorie kaum zu überbieten war. Das galt genauso für das französische Restaurant im anderen Flügel des Gebäudes. Hier hatten sie einige wichtige Szenen aus dem tschechischen Film „Ich habe dem englischen König gedient" gedreht und so getan, als handelte es sich um einen Innenraum im Hotel Paris, das gleich neben dem Repräsentantenhaus, eher still, aber keineswegs bescheiden, seit seinem Bestehen die finanzstärkere Klientel aufzunehmen bereit war.

Aysel war so in ihre Betrachtungen versunken, dass Zorn in ihr aufsteigen wollte, als das Gesicht des Kommissars ihr die Sicht nahm. Ohne sich etwas anmerken zu lassen, kehrte sie in die Gegenwart zurück.

„Also, ich bin gespannt, welche Ergebnisse Sie mir heute mitteilen werden", sagte der Kommissar, als er sich mit einem Lächeln zu ihr setzte.

„Ich bin noch immer auf Spurensuche", erwiderte Aysel.

„So, so, und wann sind Sie endlich bereit, das Ganze ausschließlich Fachleuten zu überlassen?"

„Das habe ich ja vor. Ich überlasse Ihnen das Feld."

„Oh, Sie kapitulieren, damit habe ich wirklich nicht gerechnet. Ich hatte Sie doch anders eingeschätzt. Das freut mich natürlich, wenn jemand bereit ist dazuzulernen. Dann haben wir ja heute was zu feiern."

„Ich meinte das etwas anders", Aysel verrückte die Blumenvase, die auf ihrem Tisch stand, um einige Zentimeter.

„Ich möchte, dass Sie jemanden vernehmen und mich zu diesem Gespräch mitnehmen."

„Moment mal", der Kommissar setzte sich auf, als hätte er einen Vortrag zu halten, „Sie wollen mir das Feld überlassen, bestimmen aber, was ich zu tun und zu lassen habe? Das wäre ja noch schöner."

„Ich habe mit dem Sohn von Michal Kasak gesprochen."

„Das haben wir auch", unterbrach sie der Kommissar. Aysel sprach unbeeindruckt weiter.

„Er hat gesagt, dass seine Mutter von den Affären seines Vaters wusste."

Der Kommissar hob die Augenbrauen „Und? Was weiter?"

„Na ja, vielleicht hat sie irgendwann genug davon gehabt und …"

„Und was?", das Gesicht des Kommissars näherte sich jetzt dem ihren. „Zu viele Krimis gelesen ja, Sie meinen, sie lässt ihn umbringen und kassiert die Lebensversicherung, ja? Das klassische Motiv, meinen Sie das?"

„Zum Beispiel", antwortete Aysel.

„Sie sind verrückt, wir haben es nicht mal für nötig befunden, diese Frau zu vernehmen. Sie ist eine biedere Hausfrau, die nicht in der Lage ist, ein Insekt zu töten, wenn sie eins in der Zimmerecke entdeckt. Der Frau können sie keinen Mord anhängen. Ich habe ein Foto von ihr gesehen. Der Sohn hat sie genau so beschrieben - Hausfrau, kann das Putzen nicht lassen. Sie fühlt sich in der Villa nicht wohl, soll ihr da zu einsam sein. Und ein kurzes Protokoll der deutschen Kollegen liegt auch vor, bestätigt nur, was ich bereits gesagt habe."

„Seit wann richten Sie sich nach Äußerlichkeiten und glauben alles, was man Ihnen erzählt?", warf Aysel nun ins Gespräch. „Hören Sie, machen Sie sich wenigstens selbst ein annähernd realistisches Bild von ihr. Sie sollten sie vernehmen, wenn Sie mich fragen."

„Ich frage Sie aber nicht", der Kommissar wirkte aufgebracht.

Aysel musste lachen. „Dann nehmen Sie es als Abwechslung. Sie wollen doch sicherlich auch mal aus ihrem Büro raus. Warum nicht eine kleine Tour nach Deutschland machen. Und weil Sie dafür eine Dolmetscherin brauchen, fahre ich mit."

Der Kommissar sah sie mit großen Augen an. „Sie kennen wohl keine Grenzen? Wieso interessiert Sie dieser Fall noch, Sie haben bis jetzt keine Spur entdeckt und Ihren Freund Bukov - "

„Er ist ein Bekannter!"

„Also, das ist doch völlig gleich. Ihren Bekannten haben Sie kein einziges Mal besucht während dieser ganzen Zeit. Woran sind Sie eigentlich interessiert?"

Aysel hatte schon öfter darüber nachgedacht, Marek zu besuchen. Aber ohne eine positive Nachricht wollte sie ihm nicht unter die Augen treten. Sicher hätte sie ihm, allein durch ihre Anwesenheit und ihren Zuspruch, beistehen können, aber sie wäre jedes Mal mit leeren Händen gekommen und das hatte sie abgehalten. Und nun warf der Kommissar ihr vor, nicht mal das Mindeste für ihn getan zu haben.

„Ich habe lange Zeit davon geträumt, ihm die Nachricht überbringen zu können, dass der wahre Mörder gefunden ist."

„Wachen Sie mal endlich auf", sagte der Kommissar, „das Leben ist nicht so, wie Sie denken. Es verschwinden Menschen und man erfährt nie, was mit ihnen geschehen ist. Es gibt Morde, die nie aufgedeckt werden. Aber hier haben wir einen Verdächtigen der es durchaus gewesen sein kann. Er hat kein Alibi. Er hat selbst eine alte Maschine am Flughafen Letňany stehen, die er benutzt hat und oft repariert haben soll. Er hat sich also auf dem Gelände aufhalten können, ohne aufzufallen. Seine Frau zeigt ihn an und traut ihm damit die Tat zu. Das allein überzeugt schon jeden Richter. Mag sein, dass das Urteil nicht ganz so hart ausfällt, weil der endgültige Beweis fehlt, aber raus lassen die ihn nicht. So nicht. Und weder Sie", der Kommissar zeigte auf Aysel, „noch wir haben Zeugen für andere Versionen gefunden. Wir haben von der Lomský-Bande ziemlich glaubwürdige Informanten regelrecht in die Mangel genommen. Und diese Leute hatten Recht.

Von dieser Bande war keiner wirklich an einem toten Michal Kasak interessiert, jedenfalls nicht mehr zu diesem Zeitpunkt. Es gab genug andere, die bereit waren, für ein paar Jahre weniger ähnlich genau auszusagen."

Erst jetzt traute sich der Ober an ihren Tisch, um die Bestellung aufzunehmen. Die Spannung zwischen dem Kommissar und Aysel hing regelrecht in der Luft. Aysel saß wenig später wie ein Häufchen Unglück vor ihrem Mineralwasser. Der Kommissar hatte sie offenbar da, wo er sie immer haben wollte, kurz vor dem Aufgeben. Doch anstatt ihr den letzten Stoß zu verpassen, bemühte er sich in den darauf folgenden Minuten, ganz zu Aysels Erstaunen, sie doch noch kurz vor dem Abgrund zurückzuziehen. Er sprach dabei, als redete er mit sich selbst.

„Nach Deutschland würde ich allerdings ganz gerne mal fahren, war schon lange nicht mehr dort gewesen und Frankfurt hat schon was. Das Rechtshilfeersuchen, das dafür nötig wäre, dauert nicht so lange, wenn ich darauf bestehe, dass es dringend ist." Er lächelte sie wohlwollend an. „Und eine Dolmetscherin, die bereit ist, unentgeltlich zu übersetzten, kann ich auch gut gebrauchen. Aber eines kann ich Ihnen nicht versprechen. Da kein dringender Tatverdacht vorliegt, kann auch die deutsche Polizei als Ermittlungsbehörde diese Frau nicht zwingen, zur Vernehmung zu erscheinen. Wir können es also nur darauf ankommen lassen."

Aysel spürte, wie das Blut in ihren Adern wieder zu fließen begann und neue Hoffnung in ihr aufstieg. Der Kommissar hörte nicht mehr auf zu reden.

„Das Ganze wird so ablaufen. Im Rahmen der internationalen Rechthilfe wird ein Rechtshilfeersuchen gestellt. Das heißt, der zuständige Staatsanwalt in Tschechien wendet sich an einen bestimmten Staatsanwalt in Frankfurt. Aber de facto ist die Polizei in Frankfurt Ermittlungsbehörde. Frau Kasak muss bei einer polizeilichen Vorladung nicht erscheinen. Ich selbst darf offiziell auch nur als Beisitzer teilnehmen. Es wird jedoch so ablaufen, dass ich die

Fragen stelle und daher auch eine Übersetzerin benötige. Schauen wir mal, ob die gute Frau bereit ist, zur Vernehmung zu kommen."

Einige Tage später rief der Kommissar an und teilte Aysel mit, dass die Vernehmung in Frankfurt schon sehr bald stattfinden würde. Frau Kasak hatte zugesagt. Für Aysel war das ein neuer Lichtblick. Sie beschloss spontan, auf dem Weg nach Frankfurt ihren Bruder in Nürnberg zu besuchen. Der Kommissar entschied sich für einen Direktflug und da die Vernehmung zur Mittagszeit stattfinden sollte, wollte er noch am gleichen Tag zurückfliegen.

Bis Nürnberg hatte Aysel ihre gesamte Familie im Auto. Sie hatte in der Schule zwei Tage Sonderurlaub für die Kinder erhalten, was kein Problem darstellte, da die Zeugnisnoten bereits feststanden. Ihre Eltern und ihre Kinder sollten bei ihrem Bruder bleiben und zwei Tage später mit Aysel wieder nach Prag zurückfahren. Aysel kam an einem Donnerstagvormittag in Nürnberg an. Der Bruder wohnte mit Frau und Tochter in der Nähe des Dürerhauses unterhalb der Nürnberger Burg. Den Schlüssel für die Wohnung holten sie sich bei einer Rentnerin, die auf der gleichen Etage lebte. Der Bruder arbeitete auch an diesem Tag als Hausmeister in einer großen Senioren-Wohnanlage am Rande der Stadt. Seine Frau hatte einen kleinen Friseursalon, nicht weit vom Hauptbahnhof. Die Tochter, mittlerweile ein Teeneger, war auf Klassenfahrt. Im Kühlschrank fanden sie leckere Sachen: Reis mit Hackfleisch, eingerollt in Weinblätter, Hirsesalat und Dönerfleisch. Aysels Mutter bereitete den Tisch vor. Dann aßen alle vergnüglich von den Köstlichkeiten der Schwägerin. Als sie gegessen hatten, überredete Aysel ihre Familie, die Nürnberger Burg zu besichtigen. Als sie später wieder alle gemeinsam zurück in der Wohnung waren, kam auch

Aysels Brunder von der Arbeit und eine Weile danach seine Frau. Den ganzen Abend wurde bis spät in die Nacht gegessen, getrunken und erzählt.

Am nächsten Morgen fuhr Aysel schon früh in Richtung Frankfurt. Noch gab es bei Würzburg und Aschaffenburg keinen Stau. Als sie in Frankfurt ankam, fuhr sie nicht direkt zum Polizeihauptgebäude an der Miquell-Adicke-sallee. Sie hatte noch Zeit, sich das große Wohnhaus der Kasaks anzusehen. Das tat sie dann auch. Danach drehte sie eine Runde auf der Bertramswiese, auf der zwei Rott-weiler um das Stöckchen ihres Besitzers kämpften. Kurz vor der Vernehmung ging sie zum Polizeihauptgebäude. Kommissar Kahankov wartete bereits im Eingangsbereich auf sie.

„Ah, da sind Sie ja endlich. Wie war die Fahrt?"

„Danke gut und der Flug?"

„Auch in Ordnung."

„Ich habe den zuständigen Polizisten, der mit dabei sein wird und das Protokoll schreibt, bereits gesprochen."

„Wie haben Sie sich denn unterhalten können?", fragte Aysel.

„Ein wenig Englisch spreche ich schon. Es ging mehr recht als schlecht, aber es ging. Mein Russisch ist viel besser, wird aber leider kaum benötigt. Wir sind im 4. Stock in seinem Büro, etwas moderner als meins, muss ich schon sagen. Ich denke, ich werde Frau Kasak erst sehr allgemein ausfragen, wie ihr Mann war, ob er ein guter Ehemann war und so, alles mit dem Ziel, mir ein Bild von ihr zu machen. Dann werde ich langsam auf die vielen Lieb-schaften zu sprechen kommen, die ihr Mann in Prag hatte. Gibt es noch etwas Spezielles, was Sie diese Frau gerne fragen möchten, falls Sie könnten, meine ich, vergessen Sie nicht, Sie sind nur als Dolmetscherin dabei."

„Ja, mich würde auch interessieren, was sie von seinen Geschäften wusste. Wie er damals zu dem vielen Geld gekommen ist und was er noch so vorhatte."

„Gut, dann werde ich seine geschäftlichen Aktivitäten auch ansprechen. Also, gehen wir?" Aysel nickte. Sie fuhren im Aufzug in den vierten Stock. Der Kommissar führte Aysel in ein Büro, in dem bereits der deutsche Polizeibeamte saß, von dem der Kommissar zuvor gesprochen hatte. Er erhob sich von seinem Stuhl, als er Aysel zur Tür hereinkommen sah und trat ihr entgegen.

„Sie sind Türkin und leben in Prag, habe ich gehört. Woher können Sie so gut Deutsch?" „Ich habe hier in Frankfurt studiert. Betriebswirtschaft."

„Aha, interessant, und Sie haben selbst mal bei der Polizei gearbeitet, hat mir Kommissar Kahankov erzählt. Dann sind Sie ja vom Fach. Wenn Sie mal keinen Job mehr in Prag haben, dann kommen Sie doch nach Frankfurt. Wir können sprachbegabte ehemalige Polizistinnen sehr gut gebrauchen."

„Danke für das Angebot, aber aus Prag, verzeihen Sie, nichts gegen Frankfurt, aber aus Prag geht man nicht einfach so weg."

Eine Frau, um die fünfzig, mit Dauerwelle im blonden schütteren Haar, stand wenig später in der Tür. Sie hatte den Ansatz eines Doppelkinns und trug eine Brille mit dünnem Goldrahmen. Schmale Beine stachen aus dem knielangen beigen Rock hervor, wobei die Füße in zierlichen mit Pfennigabsatz ausgestatteten Sandalen mündeten. Ihre breiten Füße wirkten etwas zu groß für das grazile, teure Schuhwerk. Zu dem engen Kostümrock, bei dem man das Gefühl hatte, dass er zugleich die Funktion eines Korsetts erfüllte, weil er vollständig ausgefüllt schien, trug sie eine weiße Sommerbluse, die unter einer über die Schultern gehängten beigen Strickjacke zum

Vorschein kam. Der deutsche Polizist stellte ihr Aysel und Kommissar Kahankov vor und erklärte darauf die Regeln einer Vernehmung. Er setzte sich vor den Computer und nickte Kommissar Kahankov zu, sobald er die Formalitäten erledigt hatte. Kommissar Kahankov sprach Satz für Satz langsam und deutlich und Aysel übersetzte zunächst wortgetreu.

„Frau Kasak, ich bedanke mich zunächst einmal, dass Sie gekommen sind. Bitte erzählen Sie uns etwas über ihre Ehe."

Aysel übersetzte fleißig, was Frau Kasak sagte. Wie sie früher eine glückliche Ehe geführt hatte, wie ihr Mann sich mit Hilfe ihres Geldes einen kleinen Betrieb aufgebaut hatte, in dem er Teile, die mit Dichtungstechnik zu tun haben, herstellte und dass dieser Betrieb noch immer existiert und gut läuft. Wie er zunächst nach der sanften Revolution öfter nach Tschechien gefahren war, um alte Freunde zu sehen und wie über die Jahre dann auch Geschäftsbeziehungen geknüpft wurden und er Mitte der Neunziger die Autozulieferfirma in Liberec gekauft hatte. Wie er dann nur noch am Wochenende nach Hause gekommen war und Tschechien als Aufenthaltsort bevorzugte. Wie diese Firma in Tschechien Jahre später verkauft worden war und sie ein großes Haus im Dichterviertel kaufen konnten. Und wie er sich seitdem auch charakterlich verändert hatte. Aysel sprach an dieser Stelle den Kommissar direkt an.

„Fragen Sie, wer die Firma in Liberec gekauft hat!"

„Mein Gott", antwortete der Kommissar, „das ist doch nicht von Belang." Daraufhin fragte Aysel die Frau, während der missbilligende Blick des Kommissars auf ihr lastete. „Können Sie uns sagen, wer damals diese Autozulieferfirma in Tschechien, ich meine die in Liberec gekauft hat?"

„Aber sicher", antwortete Frau Kasak, „das war die Firma Car & Co. aus Darmstadt, auch eine Autozulieferfirma."

„Wie war das damals? Ist diese Firma an Ihren Mann herangetreten?"

„Jetzt hören Sie endlich auf, sagte der Kommissar, was fragen Sie da überhaupt?"

„Ich möchte mehr über diese Firma Car & Co. in Erfahrung bringen."

„Das ist nicht wichtig", der Kommissar wurde rot vor Zorn.

„Woher wollen Sie das wissen?", erwiderte Aysel. Jetzt schaute der deutsche Polizist etwas verwirrt in die Runde. Es amüsierte ihn aber mehr, als dass er sich darüber aufregte, dass hier offensichtlich jemand seine Grenzen überschritt.

„Also", Aysel fuhr unbeirrt fort, „wie war das genau, können Sie sich noch daran erinnern?"

„Sicher, Herr Dr. Skibbe, einer der Car & Co. – Vorstände, ist damals an meinen Mann herangetreten und hat sein Interesse an der Firma in Tschechien geäußert, so hat es mir damals mein Mann erzählt."

„Ja, aber woher kannten sich die beiden?", fragte Aysel nun weiter.

„Mein Mann stand schon lange mit ihm in geschäftlicher, später auch in privater Verbindung. Mein Mann hat die Dichtungen für Kugellager an Car & Co. geliefert. Außerdem haben sich beide für Flugzeuge interessiert. Sie haben sich in Egelsbach am Flughafen ab und zu am Wochenende getroffen."

„Das ist interessant", sagte Aysel zum Kommissar, „einer dieser Vorstände von Car & Co. war auch Hobbyflieger. Kasak und er waren befreundet."

„Schön zu hören", sagte er, „können wir jetzt weitermachen? Und zwar so, wie es sich gehört?"

„Gut", sagte Aysel, „können wir."

„Frau Kasak hat vorhin von einer charakterlichen Veränderung ihres Mannes gesprochen. Fragen Sie, was sie damit meinte."

Nachdem Aysel diese Frage übersetzt hatte, sagte Frau Kasak: „So richtig habe ich diese Veränderung erst seit dem Verkauf der tschechischen Firma gespürt. Er war zwar schon früher oft in Tschechien geblieben, aber nach dem Verkauf bestand für mich irgendwie gar kein Grund mehr, dass er sich dort so lange aufhält. Er hat sich dann auch sehr verändert. Er hat sich gleich mehrere teure Autos gekauft, hat sich entschieden modischer gekleidet und ist sogar regelmäßig in einen Kosmetiksalon gegangen. Er sprach auch ständig von neuen Geschäften, auch von irgendeinem großen Zentrum, das er an der Grenze zu Deutschland bauen lassen wollte, und dass er weiß, wie man an die EU-Gelder für solche Projekte drankommt. Er hatte einen Architekten beauftragt, der ihm die Pläne gemacht hat. Mein Sohn hat wohl die Pläne gesehen und mir nach langem Nachfragen endlich die Wahrheit gesagt. Die Wahrheit war, er wollte, ganz groß, ein Sexzentrum an der tschechisch-deutschen Grenze bauen. So eins mit Whirlpool, Puffs, Massagezentrum und so, na ja, sie wissen schon. Dass er in so was hineingeraten ist, habe ich nicht für möglich gehalten. Ich bin immer nur von einer einzigen Frau ausgegangen, einer, die er vielleicht liebt und die in Tschechien mit ihm, na ja, sie wissen schon, aber nein, Jesus Maria, dass es um junge Mädchen ging, das war furchtbar für mich."

Aysel musste bei dem Wort Pläne an ihren nächtlichen Müllcontainer-Aktion denken. In ihrer Wohnung lagen noch immer die Grundrisse, die sie aus dem Container herausgefischt hatte. Sie hatte sich diese Entwürfe jedoch nie genauer angesehen. Das nahm sie sich als erste Handlung bei ihrer Rückkehr nach Prag vor. Sie übersetzte, was Frau Kasak gesagt hatte. Der Kommissar fragte, seit wann sie das alles wüsste.

„Na seitdem er tot ist", antwortete die Frau. „Hätte ich das alles früher gewusst, hätte ich mich scheiden lassen. Mit einer Frau, die er wahrhaftig liebt, die er ab und zu in Tschechien besucht, konnte ich mich abfinden. Mein Gott, das geht doch manchmal so. Ich wollte deswegen auch nie in dieses Land fahren. Ich habe zwar das alles ständig verdrängt, aber irgendwie dann doch geglaubt. Aber dass es noch viel schlimmer stand, das weiß ich erst jetzt."

Der Kommissar bedankte sich daraufhin bei ihr und während Frau Kasak das Protokoll durchlas, ging er mit Aysel auf den Flur hinaus.

„Na ja, Sie haben mich ja ganz schön blamiert", sagte er zu ihr, „was sollten diese Alleingänge? Und außerdem war das Ganze hier, wie ich Ihnen schon in Prag gesagt habe, sowieso für die Katz. Die Frau hat aber auch gar nichts mit dem Mord zu tun, das sehen Sie doch auch so, oder?"

„Ja", sagte Aysel, „das Gefühl habe ich auch. Aber trotzdem, ich habe eine Idee." „Schluss jetzt mit Ihren Ideen", rief der Kommissar, „ich will wirklich nichts mehr davon hören. Mein Flieger geht in ein paar Stunden und ..." „Und die könnten noch sinnvoll genutzt werden", erwiderte Aysel. „Lassen Sie uns zu der Firma Car & Co. fahren. Vielleicht hat dieser Vorstand was ..."

„Frau Norati, hier ziehe ich endgültig eine Grenze. Ich bin nicht befugt, irgendwelche Leute zu interviewen, ohne vorher um Erlaubnis gefragt zu haben. Und das geht nur von Tschechien aus, wie Sie sich vorstellen können. Es ist Schluss, unsere Wege trennen sich."

Da öffnete sich die Bürotür und Frau Kasak trat in den Flur. Aysel wendete sich ihr noch einmal zu, auch der Kommissar gab ihr die Hand. Dann gingen Kommissar Kahankov und Aysel in das Büro des deutschen Polizisten zurück. Der Polizist schmunzelte, als Aysel den Raum betrat, verlor aber kein Wort über ihren Auftritt, der ihm nicht entgangen war. Kommissar Kahankov bekam eine

Kopie des Protokolls in die Hand gedrückt und während sich beide Polizisten umständlich auf Englisch unterhielten, fragte Aysel, ob sie mal kurz nach der Adresse einer früheren Studienkollegin im Internet suchen könnte. Der deutsche Polizist unterbrach das Gespräch mit seinem tschechischen Kollegen und öffnete ihr die entsprechende Internetseite. Aysel setzte sich vor den Computer und schrieb sich gleich danach die Adresse der Firma Car & Co. in Darmstadt auf. Sie steckte den Zettel in ihre Handtasche, wartete noch bis beide Männer ihr Gespräch beendet hatten und verließ daraufhin mit Kommissar Kahankov das Polizeihauptgebäude. Aysel bot dem Kommissar an, ihn in die Innenstadt zu fahren.

„Ich lasse Sie an der Konstablerwache raus, dann können Sie die Zeil entlang in Richtung Alte Oper laufen."

„Wann hören Sie endlich auf, mich zu bevormunden?", fragte Kommissar Kahankov. „Wollen Sie nicht auch das Geschenk für meine Frau und meine Kinder aussuchen, oder mich eventuell noch beim Schuhkauf beraten?"

„Keine Zeit", sagte Aysel, „tut mir leid, ich möchte doch noch jemanden besuchen."

„Da habe ich aber Glück gehabt", der Kommissar fuhr sich durchs Haar.   „Sind Sie eigentlich sauer auf mich?" Verlegen schaute Aysel auf ihre Schuhe, als sie diese Frage stellte. Der Kommissar sah sie überrascht an und sagte: „Ich fliege gerne, habe aber nicht oft Gelegenheit dazu. Das Übliche, einmal im Jahr nach Kroatien ans Meer mit der ganzen Familie. Aber heute freue ich mich schon auf den Rückflug. Der Flug heute Morgen hierher war außergewöhnlich schön. Ich wäre nämlich auch sehr gerne Pilot geworden, leider hatte ich nicht die richtigen Beziehungen. Von daher bin ich nicht sauer auf Sie. Ich habe auch in der Tat eine nötige Pflicht erfüllt. Es gehört schon dazu, dass man die Ehefrau eines Ermordeten vernimmt, nicht wahr? Jetzt machen Sie sich mal keine Sorgen, aber in die Innenstadt können Sie mich schon mitnehmen."

Aysel tat das dann auch. Als sie den Kommissar in der Nähe des Römers abgesetzt hatte, steuerte sie nur noch ein Ziel an, die Mainzer Straße in Darmstadt. Dort hatte Car & Co. seinen Firmensitz. Sie fuhr zielbewusst zum Kaiserlei, dann auf der A 611 Richtung Langen und weiter über die Dörfer, bis sie die Stadtgrenze erreicht hatte. Sie fragte an einer Tankstelle nach dem Weg zur Mainzer Straße.

Die Firma war in einem typischen Industriegebiet angesiedelt. In der Mainzer Straße standen langweilige Betongebäude, umgeben von großen Parkplätzen. In zwei Stunden würden die ersten Angestellten und Arbeiter ins Wochenende nach Hause fahren. Aysel fand dann auch das Gelände der Autofirma, eine Produktions- und Lagerhalle mit angrenzendem Verwaltungsgebäude und Parkplatz. Die Hälfte des Parkplatzes war durch rot-weiße Plastikstreifen abgesperrt. Eine luftlose Hüpfburg wurde gerade von zwei Arbeitern ausgelegt. Aysel musste das Gelände wieder verlassen und sich etwas weiter weg einen Parkplatz suchen. Als sie einige Zeit später in das mehrstöckige Verwaltungsgebäude ging, hatte sie noch immer keine Idee, wie sie unangemeldet mit einem der Vorstände von Car & Co. in Kontakt treten konnte. Die Empfangsangestellte musterte sie von oben bis unten, als sie durch die Drehtür in die Vorhalle trat.

„Guten Tag, mein Name ist Norati. Kann ich bitte mit Herrn Dr. Skibbe sprechen."

„Sind Sie angemeldet?", fragte die junge Frau gelangweilt.

„Nein, eigentlich nicht, aber vielleicht können Sie ihm ausrichten, dass ich mit ihm über Michal Kasak sprechen möchte."

„Dr. Skibbe hat die Firma schon verlassen. Ich frage mal nach, ob er noch einmal zurückkommt." Die Frau griff zum Telefonhörer und Aysel bekam bald mit, dass sie zu spät gekommen war. Dr. Skibbe hatte sich bereits ins Wochenende verabschiedet. Aysel verließ ratlos das Gebäude. Die beiden Arbeiter waren gerade damit beschäftigt, mit

131

einem Luftkompressor die Hüpfburg aufzublasen, als Aysel den Männern zurief, was das denn werden solle.

„Hier steigt morgen ein Sommerfest", schrie einer der Arbeiter ihr entgegen, „wir haben noch viel zu tun."

„Wird die Firma Car & Co. also morgen hier feiern?"

„Ja."

„Und wann soll es losgehen?"

„Morgen früh, wir müssen noch alles heute fertig machen."

„Viel Glück dann", schrie Aysel zurück und verließ darauf das Gelände.

Als Aysel wieder in ihrem Auto saß, brauchte sie nicht lange zu überlegen. Aufgeben kam noch immer nicht in Frage.

Sie rief ihre Eltern an und teilte ihnen mit, dass sie erst einen Tag später nach Nürnberg zurückkommen würde. Anschließend fuhr sie wieder nach Frankfurt, um ein Einzelzimmer in einem kleinen Hotel in der Gräfstraße im Stadtteil Bockenheim zu beziehen. In diesem Viertel hatte sie studiert. Hier kannte sie jeden Winkel und doch hatte sich vieles im Laufe der Jahre verändert. Selbst das Universitätsgelände spielte längst nicht mehr die Haupt-rolle, wie es damals noch der Fall gewesen war. Seit die Amerikaner Frankfurt verlassen hatten, profitierte die Bevölkerung von dem, was sie nicht mitnehmen konnten. So hatten auch die einzelnen Fakultäten ein schönes großes Gebäude in der Nähe des Palmengartens beziehen können.

Aysel hatte das alte Universitätsgelände nie besonders gemocht. Es war, bis auf ein Gebäude, ein schmuckloser funktionaler Komplex, immer überfüllt, ohne ruhige Arbeitsatmosphäre. Aber sie war jung damals. Sie hatte diese neue Welt genossen. Hier hatte sie angefangen, Miniröcke zu tragen und war zum ersten Mal in eine Diskothek gegangen. Hier hatte sie nachts mit einer Gruppe von Freunden im Campusbrunnen gebadet und sich von wasserstrahlenden Pusteblumen besprühen lassen. Alles war ein großer Spaß. Sie mochte dieses Viertel nach wie vor.

Nachdem sie sich in ihrem Zimmer ausgeruht hatte, schlenderte sie die Leipziger Straße bis zum Kirchplatz entlang. Auch hier nahm sie viele Veränderungen wahr und freute sich über jeden Laden, der schon damals an derselben Stelle zu finden gewesen war. Ihre Gedanken schweiften aus.

Sie dachte an ihren früheren Mann. Auch er hatte hier studiert. Die Perser waren damals die schönsten Männer an der Universität, atemberaubend schön, da kamen andere Nationen nicht mit. Ein Blick genügte und dann gab es kein Zurück mehr. Er stand regelmäßig an einem Aktivistenstand gegen das Khomeini-Regime in der Vorhalle zur Caféteria, meist inmitten anderer persischer junger Männer, aber er war der Attraktivste und Aysel konnte ihn vom ersten Stock aus beobachten, wenn sie mit ihren Studienkollegen an einem der roten Tische saß, um sich auf Referate vorzubereiten. Irgendwann muss ihn ihr Lachen beeindruckt haben, denn er nahm sie eines Tages wahr und so, als wäre eine stille Übereinkunft getroffen worden, erwarteten nun beide einander täglich. Als Aysel einmal alleine an dem roten Tisch saß, kam er mit einem grauen Tablett, auf dem zwei Teetassen standen, zu ihr herauf, setzte sich neben sie und ließ sie danach nicht mehr los. Sie zog später zu ihm in eine Zweizimmerwohnung ins Ludwig-Landmann-Studentenwohnheim und das war nur möglich, weil sein Mitbewohner bereit war, in eines der kleinen Einzelzimmer dort umzuziehen.

Aysel holte sich eine Bratwurst mit Brötchen und Senf und beobachtete die Leute, die noch schnell ihre letzten Einkäufe erledigen wollten. Sie lief dann in ihr Hotel zurück und ließ die Nacht über sich ergehen.

＊

Als sie am nächsten Tag gegen Mittag auf dem Gelände von
Car & Co. ankam, war das Sommerfest bereits in vollem
Gange. Alles erschien ihr bunt und fröhlich. Die Hüpfburg
überragte durch ihre Größe alle anderen Spielaktivitäten.
Kinder in bunten Socken sprangen kreuz und quer in der
Hüpfburg umher und jauchzten dabei voller Vergnügen.
Wie ein großes Familienfest wirkte das Ganze auf Aysel,
als sie sich einen ersten Überblick verschaffte. Kinder
übten Bogenschießen, von Pfeilen getroffene Luftballons
platzten und etwas weiter konnten sich Erwachsene mit
Hilfe eines Gummirings in die Position der Fußballspieler
eines Tischfußballspiels begeben. Aysel bahnte sich den
Weg durch Eis essende Eltern und Kinder und an einem
Clown vorbei, der geschickt aus länglichen Luftballons
kleine Tiere knotete und stand kurz darauf am Geländer
des Fußballspiels. Die Spieler waren durch breite Gummi-
ringe an horizontale Stangen gebunden und konnten sich,
um den Ball zu schießen oder abzuwehren, wie bei einem
Tischfußballspiel, nur seitwärts bewegen. Das Ganze war
für die Zuschauer sehr spaßig und auch Aysel schaute
eine Weile zu. Eine Frau, die offenbar durch lautes Rufen
die Mannschaft, in der ihre Mann spielte, dazu bringen
wollte, ein Tor zu schießen, hielt ein kleines Mädchen fest,
das auf dem Geländer saß. Aysel drehte sich zu der Frau
um, als sie mit dem Anfeuern aufgehört hatte. „Wirklich
schön hier."

„Ja, das finde ich auch", erwiderte die Frau, „und mit dem
Wetter haben wir auch Glück. Haben sie schon das Buffet
gesehen?"

„Nein", antwortete Aysel, „wo gibt es denn hier etwas zu
Essen?"

„In der Kantine. Sie müssen nur um das Gebäude herum-
gehen durch den Hintereingang. Sie werden staunen, was
die diesmal alles anbieten."

„Ach ja? Gut, dann werde ich mich da gleich mal hinbegeben. Entschuldigen Sie, eine Frage, sehen Sie hier einen von den Vorständen, einen Dr. Skibbe? Mich würde schon interessieren, wie der Mann aussieht."

„Waren Sie denn heute Morgen noch nicht hier? Dr. Skibbe hat doch die Ansprache gehalten?"

„Nein, leider nicht, ich bin erst später gekommen."

Die Frau drehte sich wieder dem Fußballfeld zu und sagte dann: „Der dort, der Mann, der im Tor steht, das ist Dr. Skibbe."

Aysel schaute interessiert zu ihm hinüber. „Ein recht hübscher Mann, nur etwas zu klein geraten", dachte sie.

Er stand in weißem Sportdress mit Schirmmütze und Tennisschuhen im Tor und sprang dynamisch hin und her, soweit das mit einem breiten Gummiring um den Bauch, der an einer horizontalen Stange befestigt ist, überhaupt möglich war. Schweißperlen liefen ihm von den Schläfen über die Wangen. Immer mal gab er seiner Mannschaft Anweisungen und wenn der Ball, wie das bisweilen vorkommt, aus dem Feld geschossen wurde, rief er: „Leute, so geht das nicht! Denkt an die Zeit, die rennt, die rennt!"

Die zweite Halbzeit war bereits in vollem Gange und Aysel hatte das Gefühl, das Fußballspiel dauert ewig. Daher zögerte Aysel nicht lange und machte sich auf den Weg in die Kantine. Eigentlich wollte sie nur mal einen Blick auf das Buffet werfen, doch als sie all die Hähnchenkeulen, die Rinderbraten-Scheiben, Bratkartoffeln, die Gemüseaufläufe, Salate und die geschmackvollen süßen Dessertvariationen und Kuchen sah, konnte sie nicht widerstehen, sich einen kleinen Teller zu füllen. Aysel aß in aller Ruhe und begab sich dann noch einmal mit schlechtem Gewissen zum Dessert- und Kuchentisch.

„Wirklich ein gelungenes Fest", sagte Aysel zu einem älteren beleibten Herrn, der seinen Teller mit mehreren Tortenstücken überhäufte.

„Ja, ja", sagte der Mann, „diesmal haben sie einen besseren Caterer. Und es liegt wohl auch am guten Geschäftsergebnis, dass wir heute hier mal richtig schlemmen können."

„Mag sein", erwiderte Aysel, „was arbeiten Sie hier?"

„Ich bin der einzige noch übrige Lastwagenfahrer und jetzt Mädchen für alles. Die haben diese Sparte an einen Fremdunternehmer abgegeben, outgesourct, nennen sie das. Mich nehmen sie jetzt als Hauskurier oder wenn es mal brennt und ich was schnell nach Tschechien bringen soll. Ich brauch nicht mehr lange, bald gehe ich in Rente. Und Sie, was machen Sie?"

„Ich bin nur Besucherin."

„Aha, Ihr Mann arbeitet hier und was tut der hier?" Aysel schaute auf die Uhr: „Entschuldigen Sie, gut, dass Sie mich an meinen Mann erinnern. Ich bin schon zehn Minuten überfällig, wir wollten uns draußen am Fußballfeld treffen, tut mir leid, ich muss gehen."

Aysel eilte davon, enttäuscht, dass sie von den Desserts nichts mehr bekommen hatte.

Das Fußballspiel war bereits seit ein paar Minuten zu Ende. Aysel suchte den Torwart zunächst vergeblich. Doch dann sah sie ihn in schicker Freizeitkleidung aus dem Bürogebäude kommen. Noch bevor er sich unter die Angestellten und Gäste mischen konnte, stoppte Aysel ihn.

„Herr Dr. Skibbe, kann ich Sie kurz sprechen?"

„Solange es nichts Unangenehmes ist", lachte er selbstzufrieden.

„Das kann ich nicht garantieren", erwiderte Aysel lächelnd.

„Worum geht es denn?"

„Es geht um Michal Kasak."

Dr. Skibbe wirkte plötzlich unangenehm berührt. „Nun, wer sind Sie denn überhaupt?"

„Ich bin Journalistin, ich lebe in Prag und schreibe eine Reportage über die Privatisierung von ehemaligen Staatsbetrieben in Tschechien. Rein zufällig bin ich dann mit diesem Fall konfrontiert worden. Der Mörder von diesem Kasak ist wohl ein eifersüchtiger Tscheche. Aber ich weiß konkret, dass Michal Kasak seine tschechische Firma an Car & Co. verkauft hat und da, na ja, da bin ich auf die Idee gekommen, diesen Betrieb auch in meinem Artikel zu erwähnen, deshalb möchte ich wissen, wie das damals abgelaufen ist. Haben Sie sich die Firma vor dem Kauf genau angesehen oder haben Sie eine Wirtschaftsprüfungsgesellschaft beauftragt, die Unternehmensbewertung vorzunehmen, so was wüsste ich gerne. Wenn die Leute hören, dass ein Toter, der ermordet wurde, da was mit zu tun hatte, dann ist dieses Beispiel einfach interessanter für die Leser."

„Werte Dame, das ist heute wirklich nicht der richtige Zeitpunkt für so ein Interview. Ich bin auch grundsätzlich nicht bereit, meine wertvolle Zeit für so eine Sache zur Verfügung zu stellen. Suchen Sie sich dafür eine andere Firma. Ich habe mit dem Ganzen kaum zu tun gehabt, war auch selbst nicht in Tschechien gewesen, die Unternehmensbewertung und das alles haben andere für uns gemacht."

„Das ist aber wirklich schade, ich könnte auch zu einem anderen Zeitpunkt wiederkommen", antwortete Aysel.

„Lassen Sie das lieber, ich habe Ihnen doch schon gesagt, dass ich dafür keine Zeit habe".

„Ich möchte Ihnen trotzdem meine Visitenkarte geben, falls Sie es sich doch noch mal anders überlegen, dann rufen Sie mich an."

Dr. Skibbe nahm seine Brille aus der Hemdtasche, setzte sie auf und schaute auf Aysels Visitenkarte. „Aysel Norati", sagte er laut, „aha, nun ja, tut mir leid, dass Sie sich den Weg umsonst gemacht haben."

„Tja, kann man nichts machen", erwiderte Aysel, „dann noch einen schönen Tag."

„Was für ein unangenehmer Mensch", dachte Aysel, als sie zu ihrem Wagen ging. Und wie ungeschickt sie sich angestellt hatte. Journalistin, warum war ihr nichts Besseres eingefallen? Die ganze Autofahrt lang ärgerte sie sich über sich selbst. Und dann hatte sie ihm auch noch ihre Visitenkarte gegeben, sie konnte sich doch denken, dass dieser Mann niemals bei ihr anrufen würde. Aber das Essen, ja das Essen war vorzüglich gewesen.

Aysel fuhr direkt nach Nürnberg, blieb noch zwei Tage dort und erst dann fuhr sie mit ihrer Familie zurück nach Prag.

Sie hatte bereits auf dem Weg nach Nürnberg aufgegeben. Für sie verlief der Fall im Nichts, im Niemandsland. Niemand war der Mörder, irgendein Niemand. Noch immer glaubte sie nicht, dass es Marek gewesen war, aber sie hatte auch in Deutschland keine Spur gefunden.

Erst jetzt war sie bereit, Marek zu besuchen und ihre Niederlage einzugestehen. Sie nahm sich vor, zu ihm zu gehen. Aysel hatte ein seltsames Gefühl, als sie daran dachte, dass sie Marek nun ab und zu besuchen würde, dass sie nichts anderes mehr für ihn tun konnte, als ihm Mut zuzusprechen, nicht aufzugeben und sein Leben einfach zu verschieben, auf später, auf irgendwann später, wenn er ein paar Jahre älter geworden ist. Sie war verrückt, was kümmerten sie eigentlich fremde Leute. Aber sie konnte nicht anders.

Vielleicht würde sie Kommissar Kahankov eines Tages zufällig auf der Narodni begegnen, er würde ihr dann ein wohlwollendes Lächeln schenken, eines das besagte:

„Sie haben meinen Alltag einmal etwas durcheinander gebracht, danke nochmals für die Abwechslung."

Ihre Kinder hatten noch eine Woche Schule bis zur Zeugnisausgabe. Dann würden sie in die Türkei fliegen, in die Ferien nach Izmir ans Meer und die Großeltern mit ihnen. Aysel wollte ihre Geschäftsaktivitäten noch nicht unterbrechen. Sie würde später nachkommen, dann, wenn die Kinder und ihre Eltern wieder zurück in Istanbul sind. Aber auch in Istanbul wartete Arbeit auf Aysel, sie musste mit Lieferanten und Produzenten verhandeln und wieder Muster begutachten. An Erholung dachte sie nicht. Erholung gab es für sie immer nur partiell und das meistens nur in ihrer Stadtwohnung. Dort konnte sie entspannen und das tun, was ihr gerade in den Sinn kam. Sie war die ganze Woche über abends ins Dorf gefahren. Am Wochenende erledigte sie alle Besorgungen und half beim Kofferpacken. Sonntags brachte sie ihre Familie zum Flughafen und blieb dort, bis der Flieger nur noch als schwarzer Punkt am Horizont zu sehen war. Dann erst machte sie sich auf den Weg in ihre Stadtwohnung.

Tom hatte ihr wieder eine E-Mail geschrieben. Wo sie denn diesmal gewesen sei? Warum sie diese Woche nicht gekommen war? Und dass sie sich melden soll. Aysel antwortete nicht.

Mit Wehmut nahm sie irgendwann abends die Kiste wahr, die neben ihrem Bett stand, in der noch immer die Sachen aus dem Müllcontainer lagen. Nur das eingerahmte Foto hatte sie Petr Mrákota zurückgegeben. Alles andere war noch da. Aysel stöberte lustlos in der Kiste umher. Sie nahm ein paar Kugelschreiber in die Hand und ließ einen nach dem anderen langsam zurück in die Schachtel fallen. Dann holte sie sich einen zusammengefalteten Grundrissplan heraus und probierte jeden Kugelschreiber darauf aus. Die, die nicht mehr funktionierten versuchte sie in ihren Papierkorb zu werfen, der stand aber im anderen Zimmer. Sie traf ihn mit keinem Wurf. So hatte sie am Ende in ihrem Wohn- und Arbeitszimmer einige Kugelschreiber verstreut auf den Holzdielen liegen. Die anderen, die man noch gebrauchen konnte, lagen neben ihr auf dem Bett. Beim Anblick der Pläne kam ihr der Gedanke an das, was Frau Kasak gesagt hatte. Ein Sexzentrum an der Grenze zu Deutschland, die Grundrisszeichnung. Aysel nahm den größten zusammengefalteten Plan heraus. Als sie anfing ihn zu entfalten, fielen ihr drei kleine Blätter entgegen. Aysel erkannte schnell, dass es sich dabei um Teile eines Fotos handeln musste. Wie ein Puzzle legte sie alles zusammen. Sie konnte das Gesicht und den nackten Ober-körper von Marie Medvedovsky ausmachen. Eine andere Person beugte sich über sie. Leider fehlte aber der vierte Teil. Das Gesicht der zweiten Person war nicht mehr zu erkennen.

Aysel entfaltete daraufhin alle Grundrisspläne, die sie noch in der Kiste finden konnte. Aber das vierte Teil fand sie nicht. Sie ärgerte sich, dass sie dieses zerrissene Foto erst jetzt entdeckt hatte. Hätte sie diese Teile in der Nacht, in der sie alles aus dem Container gefischt hatte, gesehen, wäre sie am nächsten Tag auf die Suche nach dem vierten Teilstück gegangen. Sie hätte den ganzen Müllcontainer entleert, aber manchmal half selbst das nicht. Sie konnte sich noch gut erinnern, dass ihr damaliger Mann einmal mit dem Müll auch versehentlich seinen Pass wegge-worfen hatte. Als er es bemerkte, war der Müll gerade von einem Müllauto aufgenommen worden. Ihr Mann war hinter dem Müllwagen hergefahren, bis zur Müllkippe und hatte den halben Tag damit verbracht, nach seinem Pass zu suchen. Er hatte ihn nicht mehr gefunden, obgleich er bei der Entladung des Mülls zugesehen hatte.

Aysel sah sich das Foto genauer an. Es musste sich um einen Mann mit Brille und wenig Haar handeln, denn das Ohr und ein wenig von dem Brillenbügel, sowie das Hinterhaar war noch zu sehen. Auch das Datum der Fotografie stand auf der Rückseite. Schon wieder zu Marie fahren, das wagte sie nicht. Ihr war auch klar, dass Marie nie wieder mit ihr freiwillig sprechen würde. Und der Kommissar? Nein, bei ihm war die Toleranzgrenze bereits überschritten. Was hatte sie da schon, eine Nutte mit einem Kunden. Und was hatte das mit dem Fall zu tun. Nichts, wie immer nichts. Sie war eine Weltmeisterin im Nichtsfinden. Sie legte sich aufs Bett, hielt die Fotoschnitzel in der Hand und döste vor sich hin. Sie musste eingeschlafen sein, früher als gewöhnlich. Als sie früh am Morgen erwachte, angezogen und fröstelnd, war sie noch immer von ihrem Traum beherrscht. Ausgelacht worden war sie, alle standen da, sogar Tom und der Kommissar hatten mitgelacht, aber am meisten hatte der Vorstand von Car & Co. gelacht. Er hatte ihre Visitenkarte noch in der Hand und lachte so sehr, dass er ganz rot war und Schweißperlen von den Schläfen über seine Wangen liefen.

Dieser unangenehme kleine Zwerg! Sie fühlte sich mies, zum Unter–die–Decke-kriechen. Dieses Gesicht ging ihr nicht aus dem Kopf und je mehr sie es verdrängte, desto mehr schlich sich die Fratze von hinten wieder an. Sie hätte gerne noch ein wenig weitergeschlafen, traute sich aber nicht. Noch so einen Traum hätte sie nicht verkraftet. Plötzlich schreckte sie hoch. Die Brille, nein, der Brillenbügel, dieses Design, zum Ohr hin bildete sich ein Winkel. Genau diese Brille hatte sie soeben im Traum gesehen. Der Vorstand, ja der Vorstand hatte diese Brille und das Haar, ja das Haar kam auch hin. Kurz und nach oben eher weniger, es ging in Richtung Glatze. Der Mann auf dem Foto war Dr. Skibbe und hatte er nicht gesagt, er wäre damals nicht in Tschechien gewesen? Aber noch vor der Übernahme der Firma muss er hier gewesen sein. Aysel war überzeugt, dass das Foto in Tschechien gemacht worden war. Noch vormittags rief sie bei Car & Co. an.

„Ich habe mit Herrn Dr. Skibbe auf Ihrem Sommerfest gesprochen. Mir ist noch eine wichtige Sache zu unserem Gespräch eingefallen, ich möchte ihn daher bitte heute noch dringend sprechen."

„Ich verbinde Sie mit seiner Sekretärin", sagte die Frau. Auch gegenüber der Sekretärin wiederholte Aysel ihr Anliegen.

„Er ist gerade in einem Meeting. Geben Sie mir ihre Telefonnummer. Er wird sich bei Ihnen melden." Immer wenn Aysels Handymusik ertönte, schreckte sie auf, wurde aber jedes Mal enttäuscht. Dr. Skibbe meldete sich nicht, den ganzen Tag nicht. Aysel rief am folgenden Tag erneut an. Diesmal wurde sie nach längerer Warteschleife mit ihm verbunden.

„Was soll das?", fragte er. „Ich weiß wirklich nicht, warum Sie sich noch mal hier melden."

„Entschuldigen Sie, Sie sagten doch, Sie wären damals vor der Übernahme der tschechischen Firma nicht in Prag gewesen. Warum haben Sie das gesagt? Ich weiß ziemlich genau, dass das nicht stimmen kann. Sagt Ihnen der Name Marie etwas?"

Dr. Skibbe fing an lauter zu sprechen. „Nein, der Name sagt mir nichts. Was soll das?"

„Ich habe hier ein Foto, da sind Sie mit einer Marie Medvedovsky zu sehen. Und das sagt Ihnen nichts?"

„Jetzt gehen Sie aber entschieden zu weit, werte Dame." Dr. Skibbe wirkte aufgeregt. „Ich denke, Sie sollten aufhören, meine wertvolle Zeit in Anspruch zu nehmen!" Dann brach er das Gespräch ab.

Aysel wunderte sich, dass er kein bisschen kooperativ war und so übertrieben reagiert hatte. Aber was sollte sie damit anfangen. Er war aufgebracht, aber hatte das etwas zu bedeuten? Vielleicht lief das Geschäft im Moment doch nicht so gut, vielleicht war er einfach nur überlastet. Zudem war es ihm sicherlich unangenehm, dass Aysel wusste, dass er sich in der Vergangenheit in Prag auf ziemlich intime Art und Weise vergnügt hatte. „Er ist bestimmt verheiratet, hat Kinder und gilt als vorbildlicher Familienvater", dachte Aysel. Das reichte ihr als Erklärung für sein überzogenes Verhalten aus.

Ihre Geschäfte liefen nicht gut. Es war Sommer und kaum einer brauchte Jacken oder Jeans und die T-Shirts und Sommerröcke brachten nicht genug Umsatz. Erst im September würde es wieder besser aussehen. Eine Verkäuferin aus ihrem Laden in Nový Smíchov war einfach nicht mehr gekommen. So stellte sich Aysel selbst in ihr Geschäft, solange, bis sie eine geeignete neue Frau finden würde. Abends konnte sie kaum noch auf ihren Füßen stehen. Am Ende der Woche hatte sie nach Ladenschluss wie immer alles Geld aus der Kasse genommen und da sie zu müde war, es noch im Banktresor zu hinterlegen, steckte sie das Geld in ihre Handtasche, schloss den Laden ab, kaufte noch einige Lebensmittel ein und beeilte sich nach Hause, in ihre Stadtwohnung zu kommen.

Als sie die Haustür aufschloss und im dunklen Hausflur nach dem Lichtschalter tastete, wurde plötzlich eine große Taschenlampe auf sie gerichtet. Der helle Schein der Lampe blendete sie. Die Taschenlampe leuchtete aber bald darauf nicht mehr. Aysel bekam keine Zeit, auch nur ein Geräusch von sich zu geben. Da hatte es jemand auf sie abgesehen. Sie wurde zu Boden gestoßen und spürte bald darauf einen festen Griff um ihren Hals. Aysel wehrte sich so gut es ging. Voller Panik lehnte sich jeder Muskel gegen den herannahenden Tod auf, aber der Mann war stärker. Er drückte zu. Was dann geschah, wurde ihr einige Minuten später von einem der Hausbewohner erzählt. Herr Vesely war mit dem Hund von seinem abendlichen Spaziergang zurückgekommen. Er hatte die Haustür aufgeschlossen und das Licht angemacht und sein Hund Alik hatte sofort zu bellen angefangen. In dem Moment muss der Mann von Aysel abgelassen haben. Er sprang auf und als er den alten Mann beiseite stieß, biss Alik ihn ins linke Hosenbein. Der Mann schleifte den Hund noch ein Stück mit, dann war er auch schon zur Tür hinaus. Herr Vesely hatte Alik noch fest an der Leine behalten. All das erzählte er Aysel, nachdem sie bequem in seinem Ohrensessel im Wohnzimmer saß und sich den Hals massierte.

„Wie haben Sie es nur geschafft mich hierher zu tragen?"

„Getragen habe ich Sie nicht, eher gezogen, naja, mehr geschleift. Da liegen meine Hanteln, jeden Abend und jeden Morgen trainiere ich. Das hat sich gelohnt. Außerdem sind Sie nicht sehr schwer gewesen."

„Das beruhigt mich", sagte Aysel. „Haben Sie sein Gesicht erkannt?"

„Den Halunken habe ich mir schon genau angesehen. Das war kein Tscheche, der sah russisch oder polnisch aus." Aysel grinste ihren Lebensretter an.

„Sie glauben mir wohl nicht?"

„Doch, doch, sagte Aysel. Danke, dass sie mir geholfen haben. Ich denke, ich kann jetzt wieder laufen."

„Bleiben Sie nur, Sie müssen jetzt nicht gleich gehen."

„Ach schon gut, der kommt heute nicht mehr." Aysel verabschiedete sich und lief langsam die Treppen hoch.

„Ihre Tasche, Sie haben ihre Tasche und die Plastiktüte mit den Sachen vergessen", rief ihr der alte Mann hinterher. Aysel lief die Treppen wieder runter und nahm ihre Sachen entgegen.

„Daran habe ich überhaupt nicht mehr gedacht." Sie schaute sofort in ihrer Handtasche nach. Es war noch alles vorhanden.

„Wenn Sie möchten, gehe ich mit Ihnen rauf", sagte der alte Mann. „Nein, das ist nicht nötig, bleiben Sie nur bitte einen Augenblick in der Tür stehen, das würde mir schon helfen".

„Gut, ich bleibe hier und wenn ich was höre, komme ich sofort hoch."

Die Wohnungstür stand einen Spaltweit offen. Aysel schob die Tür vorsichtig auf, wartete, und als sich nichts rührte, durchlief sie mit leisen Schritten ihren Flur und betrat das Arbeitszimmer. Gleich darauf sah sie die ganze Bescherung. Dieser Ganove hatte so ziemlich alles durcheinander geworfen. Ein Großteil ihrer Sachen lag verstreut auf dem Boden. Im Schlafzimmer bot sich Aysel das gleiche Bild. Es war nicht einmal genügend Platz auf ihrem Bett, um sich von dem Schreck zu erholen. Aysel war jetzt erst richtig aufgewühlt, sie bebte am ganzen Körper. Und doch lief sie zur Eingangstür ihrer Wohnung zurück und teilte Herrn Vesely mit, dass alles in Ordnung sei. Dann nahm sie ihr Handy aus der Handtasche und suchte nach Toms Nummer.

„Ja, Aysel, ja sicher komme ich, sofort. Was ist los? Wo soll ich hinkommen?" Sie nannte ihm die Straße. Als er mit seinem Wagen vor ihrem Haus stand, rief er sie an, so dass sie sich nach unten auf die Straße wagen konnte. Aysel stieg zu Tom ins Auto: „Hast du etwas zu trinken?"

„Ich habe immer Cola dabei." Er nahm eine Dose Cola aus dem Handschuhfach, öffnete sie und gab sie Aysel.

„Du zitterst ja, was ist passiert?"

„Ich bin überfallen worden, im Hausflur. Tom, ich bin so durcheinander, bitte fahr jetzt auf irgendeine Autobahn und halte nicht mehr an. Nur das kann mich im Moment beruhigen." Tom fuhr sofort los.

„Da wollte mich jemand umbringen".

Tom schaute sie genauer an. „Du hast Flecken am Hals."

„Das ist davon. Ein Mieter aus dem Haus ist zur richtigen Zeit nach Hause gekommen. Er hat das Schlimmste verhindert. Er hat mich gerettet. Ich verstehe das nicht, Tom, ich habe keine Feinde, niemanden, das begreife ich nicht, er hätte ganz einfach meine Tasche nehmen können, stattdessen hat er ziemlich lange meine Kehle zugedrückt und meine Wohnung ist auch völlig verwüstet."

„Ist was gestohlen?", fragte Tom.

„Nein, meine Tasche habe ich noch und meinen Schmuck bewahre ich im Dorf auf, das Ganze ist mir unbegreiflich."

Zunächst ging die Fahrt zügig voran, auch wenn sie immer mal durch rote Ampeln am Weiterfahren gehindert wurden. Der Berufsverkehr war längst durch. Die meisten Pendler saßen um diese Zeit vor dem Fernseher oder am Tisch im Kreise ihrer Familien, saßen in einer Kneipe vor ihrem Bier, oder gingen anderen abendlichen Alltäglichkeiten nach. Es dämmerte. Der Mangel an Licht tauchte die Randgebiete von Prag in einen schmuddeligen Grauschleier, wie bei Regenwetter und doch wirkte dieses langsame Abgleiten in das dunkle Schwarz der Nacht beruhigend auf Aysel. Der Puls der Stadt verlangsamte sich fühlbar. Die müden Schritte der Passanten und ihre schlafbedürftigen Gesichtszüge offenbarten, dass die inneren Uhren der Menschen gemächlicher tickten und die Natur einfordert, was sie nicht entbehren kann. Aysel war noch nicht müde. Sie schaute aus dem Seitenfenster, schwieg, schaute nur, ließ die dunklen Felder, Tankstellen und Lagerhallen an sich vorüberziehen und auch Tom sagte kein Wort. Das musste lange so gegangen sein, da fasste Tom sanft nach ihrem Arm.

„Du solltest morgen zur Polizei gehen."

„Mal sehen", sagte Aysel, „vielleicht."

„Nein, wirklich, Aysel, du solltest diesen Kommissar anrufen, den du kennst."

„Lass mal, Tom, das überleg ich mir noch."

„Was hast du eigentlich deiner Frau erzählt?", Aysel sah zu ihm hinüber.

„Sie ist nicht in Prag. Sie fährt jetzt oft zu ihrer Mutter nach Kladno."

„Kennst du das Hotel S.E.N. bei Benešov?" Tom schaute sie nicht an, als er diese Frage stellte. „Die haben da ein nettes Restaurant, wir könnten dort etwas essen."

„Ich weiß nicht, Tom", sagte Aysel. „Ist das noch weit?"

„Nein, das ist sogar ziemlich nah, schließ mal deine Augen. Und wenn ich anhalte, darfst du sie wieder öffnen." Aysel schloss die Augen und als sie sie wieder öffnen durfte, standen sie vor einem Schloss.

Das Hotel S.E.N. war zwar kaum älter als 10 Jahre, wie sie später erfuhren, aber ganz und gar romantisch, weiß mit spitzen Türmchen und riesiger Parkanlage. Im Schein der Rundlampen, die nur wenig Licht spendeten, konnte sie gerade mal die Pracht erahnen, die sich erst im Tageslicht in ihrer ganzen Fülle offenbaren würde. Tom parkte das Auto auf dem großen Parkplatz unmittelbar vor dem Haupteingang des Hotels. Sie betraten das Foyer. Der Kronleuchter, der breit und rund an der Decke angebracht war und an einen riesigen, umgedrehten Safarihut erinnerte, gab dem Raum, der mit altmodisch wirkenden Sitzgarnituren in Gelb und Blau aufwartete, die nötige Eleganz. Auffällig war der große Teppich mit dem Markenzeichen des Hotels in der Mitte. Ein großes S verziert als Schwan. Tom nickte der Empfangsdame freundlich zu und ging dann mit Aysel durch einen schmalen Gang an Hotelzimmern vorbei zum Hotelrestaurant.

„Wir können uns gleich hierhin setzen", sagte Aysel, als sie einen kleinen Raum betraten, der unmittelbar an den Hauptraum des Restaurants angrenzte.

„Schau dir erstmal das ganze Restaurant an, Aysel, dann kannst du dich ja entscheiden."

Aysel warf einen Blick in den großen Raum, in dem sich einige Gäste aufhielten.

„Nein, Tom, da ist es zwar gemütlicher, aber hier ist es ruhiger. Hier ist im Moment keiner und das ist mir jetzt lieber. Lass uns diesen Tisch nehmen."

Der Tisch stand vor einem großen Fenster, das ihnen jedoch nur den Blick in die schwarze Nacht gewährte. Bald darauf kam eine junge Kellnerin mit einem breiten dunklen Stirnband im blonden langen Haar, weißer Bluse und schwarzem Rock. Sie nahm die Getränkebestellung entgegen. Aysel wählte einen Wodka mit Orangensaft und Tom ein Bier.

„Wie lange gibt es dieses Hotel schon", fragte Aysel die Kellnerin.

„Oh, das ist gerade mal 10 Jahre alt."

„Sieht älter aus", sagte Aysel und lachte, „jedenfalls der Möblierung im Foyer zufolge." „Die Zimmer sind aber sehr schön und modern, finden sie nicht?"

„Wir kommen von auswärts, direkt aus Prag."

„Aha, Sie können mir glauben, die Zimmer sind sehr geschmackvoll eingerichtet."

Als die Kellnerin die Getränke brachte, bestellte Tom, was sie sich ausgesucht hatten. „Für mich das Beefsteak mit Speck und amerikanische Steakkartoffeln, etwas Amerikanisches muss schon dabei sein", sagte er und blickte

Aysel dabei lächelnd an. „Da würde eine Cola ja schon genügen", erwiderte Aysel und lachte.

„Und dann die Hühnerbrust mit Kartoffelpüree und Kaisergemüse für meine Freundin", beendete Tom den Satz. Das fand Aysel dann doch zu überzogen. Aysel bestellte sich auch während des Essens Wodka mit Orangensaft. Tom hielt sich mit alkoholischen Getränken zurück. Er nahm später aber dann doch noch einen Whisky. Nach Mitternacht kam Aysel auf die Idee, den Kommissar anzurufen. Tom versuchte sie davon abzubringen. Sie blieb dabei. Als der Kommissar sich mit müder Stimme meldete, lachte Aysel.

„Was, Sie sind schon im Bett?", hörte Tom sie sagen. „Finden Sie nicht, dass es dafür etwas zu früh ist?"

Tom versteckte seinen Kopf hinter seinen Händen, als er den Kommissar schreien hörte.

„Frau Norati, Sie haben soeben nicht nur mich, sondern, was um einiges schlimmer ist, auch meine Frau geweckt. Was ist denn nun so eilig, dass Sie nicht bis morgen warten können?"

„Oh, entschuldigen Sie", lallte Aysel ins Telefon, „aber, na ja, ich weiß auch nicht, ich wollte auch erst bis morgen warten, aber dann habe ich wieder an Sie gedacht und ..." „Frau Norati, ich bin ein geduldiger Mensch, ein sehr geduldiger Mensch, aber finden Sie nicht, dass ich bei Ihnen schon etwas zu geduldig war? Jetzt erzählen Sie mir bitte nichts von einer neuen Spur. In meinen Träumen habe ich, wohlgemerkt in Istanbul, schon ganze Verbrecherbanden ausgehoben, der wahre Mörder war natürlich nie darunter."

„Gut, gut", lallte Aysel, „ich kann Sie auch morgen anrufen ... Aber mich wollte heute einer umbringen und ich dachte, das interessiert Sie."

„Ist das eine ausgedachte Geschichte, weil Ihnen das Leben zu langweilig geworden ist?"

„Mein Leben ist überhaupt nicht langweilig", schrie Aysel empört zurück. „Das war wirklich so, ich habe mir das nicht ausgedacht, außerdem habe ich einen Zeugen. Herr Vesely kann es bezeugen."

„Gut, gut, dann kommen Sie morgen mit dem Vesely um die Mittagszeit zu mir ins Büro."

„Ja, ich komme", erwiderte Aysel, „und entschuldigen Sie bitte."

„Was?", fragte der Kommissar.

„Ach nichts, schlafen Sie nur weiter." Dann beendete sie das Gespräch.

„Mein Leben und zu langweilig. Was denkt der eigentlich! Was glaubst du, wie langweilig sein Leben ist. Der sitzt den ganzen Tag im Büro. Ich kann mir wenigstens jederzeit Prag ansehen. Und Geschichten denke ich mir auch nicht aus."

„Aysel, beruhig dich, bleib ganz einfach ruhig."

„Lass mich bezahlen", sagte Aysel in trotzigem Ton. Als die Kellnerin kam und die Rechnung brachte, fragte sie, ob sie sich nicht mal ein Zimmer ansehen wollten.

„Meine Freundin hat heute Dienst an der Rezeption. Die zeigt Ihnen gerne ein Zimmer." „Mich würde schon interessieren, wie so ein Zimmer im S.E.N. aussieht", sagte Aysel. „Vielleicht ist es wirklich ein Traum. ‚SEN' heißt schließlich Traum", dabei sah sie Tom mit halb geschlossenen Augen an.

Aysel stand auf und wankte an der Breitseite des Tisches vorbei. Als sie merkte, dass sie sich kaum noch auf den Beinen halten konnte und sich schon alles um sie herum zu drehen begann, legte sie ihren Arm um Toms Hals. Tom umfasste ihre Hüften und zog sie behutsam mit sich, immer hinter der Kellnerin her. Nachdem die Angestellte mit ihrer Freundin gesprochen hatte, zeigte sie ihnen das Zimmer mit der Nummer 16. Es schien weitgehend in rote Farbe getaucht, wirkte aber keineswegs anstößig.

Aysel flüsterte Tom etwas ins Ohr. Daraufhin trug er sie zum Bett und legte sie auf die gestreifte Tagesdecke. Aysel nahm das kleine rote Paradekissen mit der gleichen Schwanenbestickung wie auf dem Teppich im Foyer, in ihre Hände und prüfte es auf seine Festigkeit.

„Hier möchte ich heute nicht mehr aufstehen."

„Nehmen Sie doch das Zimmer für eine Nacht", schlug die Kellnerin vor.

„Wenn schon, dann nehmen wir zwei Zimmer", lallte Aysel vor sich hin, „eins für dich Tom und eins für mich."

„Meine Freundin gibt Ihnen auch zwei Doppelzimmer zum Preis für zwei Einzelzimmer, nicht wahr Anička?" Die Kellnerin schubste ihre Freundin ein wenig zur Seite: „Das machst du doch, die beiden haben schon was getrunken und wir können sie wirklich nicht nach Prag zurückfahren lassen."

„Ich habe überhaupt nicht getrunken", stammelte Aysel empört, und stützte sich dabei auf ihre Arme. Die beiden Mädchen kicherten leise, dann sagte die Rezeptionistin: „Das geht schon, ich gebe Ihnen beide Zimmer zu einem annehmbaren Preis. Das Zimmer nebenan ist noch frei."

„Gut, dann machen wir das. Aysel, wir bleiben heute Nacht hier. Ich hole meinen Schlüssel und schau dann noch mal bei dir vorbei." Aysel antwortete nicht. Als Tom nach kurzer Zeit wieder an ihr Bett trat, sah alles danach aus, als sei sie bereits eingeschlafen. Er zog ihr die Schuhe aus und als er ihr die Tagesdecke des Nachbarbettes überlegen wollte, öffnete Aysel ihre Augen, lächelte ihn an, fasste nach seinem Oberhemd und zog ihn langsam zu sich. Tom zögerte zunächst, dann ließ er die Tagesdecke los und als er nichts mehr in den Händen hielt, umfasste er ihre Schultern. Noch bevor ihre Lippen sich berührten, nahm Aysel den leichten Duft von Männerparfüm wahr, der schließlich von einem Hauch Whiskygeschmack übertroffen wurde. Während sie sich küssten, knöpfte Aysel sein Oberhemd auf. Sie strich mit ihren Händen über seinen durchtrainierten Körper und seine muskulösen Arme. Ganz plötzlich ließ Tom jedoch nichts Weiteres mehr zu. Aysel gab jedoch nicht so schnell auf, sie kam aber gegen ihn nicht an. Er hielt sie im Arm, zunächst fest umklammert, bis er keinen Widerstand mehr spürte. Dann lockerte sich sein Griff wieder und er begann sie vorsichtig im Arm zu wiegen, was Aysel als so wohltuend empfand, dass sie bereits nach kurzer Zeit entspannt einschlief.

Als Aysel am nächsten Tag erwachte, war sie mit der Tagesdecke des Nachbarbettes zugedeckt. Sie versuchte sich zu erinnern, was in der Nacht zuvor passiert war. Das Bett neben ihr grenzte nicht direkt an ihres an. Tom lag darin und das machte sie nachdenklich. Aysel konnte sich nur noch entfernt an Küsse erinnern. Sie stand auf, strich ihren Rock glatt und ging ins Badezimmer. Als sie wieder im Zimmer stand, blinzelte Tom ihr, wegen eines Sonnenstrahls auf seinem Gesicht, entgegen.

"Was war los?", fragte Aysel „Wir haben doch nicht ...?"

„Nein, wir haben gar nichts", sagte Tom.

„Du siehst, ich lasse es nicht zu", erwiderte Aysel mit Stolz in ihrer Stimme.

„Nun aber mal langsam", Tom schmunzelte, „wenn es nach dir gegangen wäre,

dann ..."

„Halte dich zurück Tom, du weißt genau, dass ich nichts mit verheirateten Männern anfange."

„Also, ich muss sagen, gerade der Anfang hat mir gestern Nacht außergewöhnlich gut gefallen." Während er das sagte, stand er auf und knöpfte sein Hemd zu. Aysel wirkte betroffen.

„Ich will jetzt nichts mehr hören. Ich gehe jedenfalls davon aus, dass nichts passiert ist", sagte Aysel.

„Das ist richtig. Aber vergangene Nacht habe ich diese Entscheidung getroffen und es ist mir ziemlich schwer gefallen. Ich hätte die Situation gerne zu unserem Vergnügen weiterlaufen lassen", erwiderte Tom.

„Was heißt hier zu unserem Vergnügen? Dir ist doch klar, dass ich das nicht möchte." „Ja, genau deshalb ... Aysel, du warst betrunken, du hattest keine Hemmungen, versteh doch, nur ich war noch einigermaßen klar, aber ich durfte nicht tun, was du mir im nüchternen Zustand ganz einfach nie verziehen hättest. Lassen wir das jetzt einfach mal so stehen."

Aysel benahm sich dessen ungeachtet Tom gegenüber, als hätte er ein Verbrechen begangen. Schließlich hatte er sie geküsst.

Sie bestand darauf, nicht mehr zu frühstücken und gleich abzufahren. Tom bezahlte nur ein Doppelzimmer. Im Auto erinnerte er Aysel an das, was sie mit dem Kommissar vereinbart hatte.

„Wie spät soll es gewesen sein, als ich ihn angerufen habe?", fragte Aysel gleich zweimal während ihrer Rückfahrt nach Prag.

Herr Vesely war sofort bereit, mittags mit aufs Revier zu kommen.

„Abwechslung tut gut", sagte er zu Aysel.

Kommissar Kahankov führte den alten Mann in ein Büro, in dem Herr Vesely straftätige Männer im Computer in Augenschein nehmen sollte.

Dort rief er: „Der, ja, der ist es", und zehn Minuten später wiederholte sich das Ganze. Zum Schluss hatte Kommissar Kahankov fünf Portraitfotos vor sich auf dem Tisch liegen, die sich in der Tat alle ähnelten.

„Man könnte denken, die sind Brüder!", sagte ein Kollege des Kommissars und grinste. Zwei schieden aus, weil die beiden Herren noch immer hinter Prager Gittern saßen. So waren am Ende noch drei übrig geblieben.

„Das ist doch schon ein sehr schönes Ergebnis", kommentierte Kommissar Kahankov das Resultat. Dann ging er mit Herrn Vesely zu Aysel, die die ganze Zeit auf dem Flur gewartet hatte. Aysel verließ darauf das Gebäude mit dem alten Mann an ihrer Seite, aber der Kommissar musste ihr vorher noch versprechen, sie im Falle von Fahndungserfolgen zu informieren. Einige Tage später rief der Kommissar dann auch an. Man habe da einen Mann festgenommen, einer von den Dreien, der auch noch eine Wunde am linken Bein hatte. Herr Vesely musste sich erneut in der Bartolomějská einfinden. Danach gab es keinen Zweifel mehr, die Polizei hatte den Schurken gefasst. Der Mann war polnischer Abstammung, lebte seit ein paar Jahren in Prag und war bereits einmal wegen schwerer Körperverletzung verurteilt worden. Obgleich die Polizei ihn ziemlich in die Mangel nahm, gehörte er zu den Männern, die nicht alles ausplaudern. Er gab nur zu, dass es einen Auftraggeber für den Denkzettel gab, so nannte er seine Würgeaktion, und dieser Auftraggeber saß in Deutschland. Mehr sagte er nicht. Aysel war überzeugt, dass es sich bei dem Denkzettel um einen Mordversuch gehandelt hatte. Als sie erfuhr, dass der Auftraggeber aus Deutschland kommen sollte, berichtete sie dem Kommissar alles, was sie mit dem Vorstand von Car & Co. erlebt hatte. Für sie gab es nun keinen Zweifel mehr. Kommissar Kahankov sah das doch noch etwas anders. Aber er war diesmal bereit, Dr. Skibbe unter die Lupe zu nehmen. Aysel durfte wegen emotionaler Voreingenommenheit bei der Vernehmung nicht dabei sein. Sie fühlte sich ausgeschlossen. Diese Sache war schließlich ihr Fall und jetzt alles an den Kommissar abzugeben fiel ihr überaus schwer. Sie wartete täglich auf Neuigkeiten. Immer wieder rief sie den Kommissar an. Er drohte schon damit, sich eine neue Handynummer zuzulegen, sollte sie ihn auch weiterhin nicht in Ruhe lassen. Aber dann stand er plötzlich mit einem Blumenstrauß vor ihrer Tür.

„Es hat sich alles aufgeklärt", sagte er zu ihr, „wir haben den Kerl gefasst. Der Skibbe war aber ganz und gar nicht erfahren, was Verhörmethoden angeht. Da war unser Prager Bandit ein härteres Eisen. Schon beim Anblick des Polizeiausweises hat sich der Skibbe aufgeführt, als sei das Rumpelstilzchen wieder zum Leben erweckt."

„So, so", sagte Aysel, „kommen Sie schon rein und erzählen Sie weiter, warum hat er denn nun den Kasak umgebracht."

„Erst mal hat er ihn nicht selbst umgebracht, er hat diesen Mord in Auftrag gegeben und er hat den Mörder selbst angeleitet, was er an Kasaks Flugzeug manipulieren sollte. Unsere Leute sind dem Auftragskiller schon auf der Spur. Und das Motiv? Da ging es natürlich um viel Geld. Bei dem damaligen Verkauf der tschechischen Firma sind von der Verkaufssumme, von den 25 Millionen, 3 Millionen Euro in die Tasche des Vorstandes geflossen. Wir haben intensiv alle Konten dieses Mannes überprüft, zuerst aber nichts gefunden. Erst eine Hausdurchsuchung hat eine Spur zu einer Schweizer Bank offen gelegt und diese Bank hat sich glücklicherweise kooperativ gezeigt. Wir konnten nachweisen, dass diese 3 Millionen eine Woche, nachdem der Kasak den Verkauf mit Car & Co. abgewickelt hatte, auf diesem Schweizer Konto gelandet waren. Als wir den Skibbe damit konfrontiert haben, hat er die Nerven verloren. Er hat uns alles gestanden. Der Kasak hat ihn später erpresst. Er wollte das Gleiche in der Ukraine noch einmal wiederholen. Auch dort hatte er eine marode Firma gekauft, die er wieder an Car & Co. verkaufen wollte. Aber der Skibbe hat diesmal nicht mitgemacht, weil ihm klar war, dass er die anderen Vorstände nicht überzeugen konnte. Also hat er abgelehnt. Der Kasak hat sich aber so festgebissen, dass er anfing, den Skibbe zu erpressen. Zunächst mit anrüchigen Fotos, von denen sie eines aus der Tonne gefischt hatten. Und als Kasak dann auch noch damit gedroht hat, die Vermittlungspauschale von 3 Millionen Euro gegenüber den anderen Vorständen zu erwähnen, hat der Skibbe ihn einfach mal abstürzen lassen."

Aysel schaute die ganze Zeit voller Spannung auf den Kommissar.

„Ist Marek schon entlassen?", fragte sie gleich darauf.

„Ich denke, das dauert noch zwei, drei Tage. Bis die Formalitäten erledigt sind, das zieht sich. Sie sind eine der Ersten, die es erfährt. Schließlich haben wir diesen Erfolg Ihnen zu verdanken."

„Naja", sagte Aysel, „Sie haben aber auch gut mitgespielt, ab und zu jedenfalls." Sie war überaus glücklich, dass Marek nun endlich frei kommen würde. Der Kommissar lud sie noch zum Essen ein. Aysel verschob die Einladung auf einen späteren Zeitpunkt.

„Ich habe heute noch einen wichtigen Termin", sagte sie. Der Kommissar ging dann auch bald darauf. Aysel hatte ihm nicht die ganze Wahrheit gesagt. Ihr wichtiger Termin hatte sich erst aus dem Gespräch ergeben.

Aysel fuhr noch am selben Tag zu Petr Mrákota, um ihm mitzuteilen, wer seinen damaligen Freund auf dem Gewissen hatte. Eigentlich hatte Petr Mrákota ihr damals wichtige Informationen geliefert und dafür bedankte sie sich bei ihm. Seiner Frau überreichte sie den Blumenstrauß des Kommissars.

Als sie abends müde und abgespannt nach Hause kam und ihren Briefkasten aufschloss, fiel ein Brief auf den Boden, den sie etwas später neugierig in den Händen hielt. Er kam von Tom.

„Seltsam", dachte Aysel, „warum hat er mir keine Mail geschrieben oder einfach nur angerufen." Als sie in ihrem Arbeitszimmer angelangt war, setzte sie sich in einen bequemen Sessel und öffnete den Brief. Während sie ihn las, schmunzelte sie ein wenig.

„Aysel, ich möchte dir so viel ins Ohr flüstern, aber es wird bei dir nicht ankommen, weil du deine Grenzen gezogen hast. Ich habe dich deswegen immer auch bewundert. Ich kenne niemanden, der so konsequent seine eigenen Gefühle und Interessen ignoriert. Aber du sollst wissen, dass du mir sehr viel bedeutest. Erst jetzt möchte ich dir aus meinem Leben berichten. Mit meiner Frau habe ich schon seit einiger Zeit nur noch über ihren Anwalt Kontakt. Die Scheidung ist nicht mehr abzuwenden. Wir haben uns nur noch gestritten. Marcela wohnt wieder bei ihrer Mutter. Im Moment sitze ich auf der Terrasse eines kleinen Hotels in Fontanelas in Portugal. Ich tauche ein paar Stunden am Tag und denke ständig an dich. Zwei Doppelzimmer stehen bereit, aber ich hoffe, dass für uns, wie im S.E.N., eines ausreicht. Bitte lass alles für eine Woche stehen und liegen und komm.

Tom"

Aysel legte den Brief auf ihren Schreibtisch, nahm ihr Handy aus der Tasche und wählte Toms Nummer.

„Ja?", sagte Tom am anderen Ende, irgendwo in Portugal.

„Ich bin's." Es folgte Stille … „Bist du noch da?", fragte Aysel.

„Ja, ich bin noch dran, wirst du kommen?"

Diesmal schwieg Aysel einen Moment, dann sagte sie: „Ja, ich komme, aber warum hast du mir das nicht früher gesagt, ich meine … das mit deiner Frau?"

„Du hättest mir nicht geglaubt, Aysel, du hättest gedacht, das sei einer dieser schlauen Männertricks."

Aysel packte noch am selben Abend ihren Koffer, einen Flug nach Lissabon hatte sie bereits gebucht.

Nachwort

Ein Buch schreibt man in der Regel nicht ganz allein. Es gibt Freunde, die zuhören und Ideen einbringen. Dafür bedanke ich mich bei Evelin Pommois und Filiz Kimia.

Es gibt Spezialisten, die man zu Rate ziehen darf. Für die Erklärungen kriminologischer Zusammenhänge bedanke ich mich bei Jean Müller-Kristoffersen.

Ganz besonders möchte ich mich bei Helmut Schwarz bedanken, der Prag mit seinen ungewöhnlichen Bildern eingefangen hat und auch das Layout erstellt hat.

Die Handlungen und alle handelnden Personen sind frei erfunden. Jegliche Ähnlichkeiten mit lebenden oder verstorbenen Personen wären rein zufällig.

Katharin Schneider Jekova, gbeoren 1961, hat nach ihrem Theologiestudium mehrere Jahre in Frankfurt am Main als Sekretärin gearbeitet. 2005 ist sie mit ihrem Mann und ihren beiden Kindern nach Prag gezogen. Sie lebt zur Zeit in den USA